Os Sertões

Os Sertões

Euclides da Cunha

Adaptação de Ivan Jaf
Ilustrações de Andrés Sandoval

Os Sertões
© Ivan Jaf, 2009
© Andrés Sandoval, 2009

Editora-chefe Claudia Morales
Editor Fabricio Waltrick
Editor assistente Emílio Satoshi Hamaya
Seção "Por trás da história" Fabio Cesar Alves
Coordenadora de revisão Ivany Picasso Batista
Revisoras Alessandra Miranda de Sá e Cláudia Cantarin

ARTE
Projeto gráfico Vinicius Rossignol Felipe e Thatiana Kalaes
Editor Vinicius Rossignol Felipe
Diagramadora Thatiana Kalaes
Editoração eletrônica Signorini

CIP-BRASIL. CATALOGAÇÃO NA FONTE
SINDICATO NACIONAL DOS EDITORES DE LIVROS, RJ.

J22s

Jaf, Ivan, 1957-
 Os Sertões / adaptação de Ivan Jaf ; ilustrações de Andrés Sandoval. - 1.ed. - São Paulo : Ática, 2009.
 152p. : il. - O Tesouro dos Clássicos Juvenil

 Adaptação de: Os Sertões / Euclides da Cunha
 Apêndice
 Contém suplemento de leitura
 ISBN 978-85-08-12725-2

 1. Cunha, Euclides da, 1866-1909. Os Sertões - Literatura infantojuvenil I. Sandoval, Andrés, 1973-. II. Título. III. Série

09-4754. CDD 028.5
 CDU 087.5

ISBN 978 85 08 12725-2 (aluno)
ISBN 978 85 08 12726-9 (professor)
Código da obra CL 736679

2024
1ª edição
10ª impressão
Impressão e acabamento: Vox Gráfica / OP: 248669

Todos os direitos reservados pela Editora Ática, 2009
Av. Otaviano Alves de Lima, 4400 – CEP 02909-900 – São Paulo, SP
Atendimento ao cliente: 4003-3061 – atendimento@atica.com.br
www.atica.com.br – www.atica.com.br/educacional

IMPORTANTE: Ao comprar um livro, você remunera e reconhece o trabalho do autor e o de muitos outros profissionais envolvidos na produção editorial e na comercialização das obras: editores, revisores, diagramadores, ilustradores, gráficos, divulgadores, distribuidores, livreiros, entre outros. Ajude-nos a combater a cópia ilegal! Ela gera desemprego, prejudica a difusão da cultura e encarece os livros que você compra.

Sumário

Apresentação 7
Prólogo 15

A TERRA 21
1. O grande deserto ignorado 23
2. O rio, as plantas, os animais 29

O HOMEM 39
1. Os vários Brasis 41
2. A origem do sertanejo 46
3. O sertanejo, o jagunço e o fanático 51
4. Antônio Conselheiro 57
5. Sem vaga no hospício 64
6. O arraial de Canudos 70
7. A igreja nova 78

A LUTA 87
1. Primeiros confrontos 89
2. O cenário 92
3. O desfiladeiro da serra do Cambaio 94
4. A expedição Moreira César 99
5. A armadilha 102
6. Cada um cuide de si 107
7. Era preciso salvar a República 111
8. O comboio salvador 116
9. A entrada em Canudos 121
10. O canhão e o sino 125
11. O fim 137

Por trás da história 147

Apresentação

Uma interpretação do Brasil

Marco Antonio Villa

Os Sertões teve diversas edições, no Brasil e no mundo. Esta é uma versão adaptada do livro, que facilita o conhecimento da obra e da Guerra de Canudos, ocorrida no sertão baiano entre 1896 e 1897. O grande clássico da literatura brasileira, nesta adaptação, transformou-se em um livro mais simples, mas não menos importante. Especialmente destinada ao público jovem, esta versão proporciona ao leitor tomar contato, desde cedo, com um dos momentos mais significativos da nossa literatura e da nossa História através de uma narrativa mais dinâmica, que preserva a essência da obra máxima de Euclides da Cunha.

O livro trata da guerra movida contra a comunidade fundada pelo beato Antônio Conselheiro, e, para sua melhor compreensão, deve ser entendido o momento histórico desse acontecimento.

Os primeiros anos da República, proclamada em 1889, foram marcados por várias revoltas, como a Revolução Federalista (1893-1895), nos territórios dos estados do Rio Grande do Sul, Santa Catarina e Paraná, e a Revolta da Armada (1893-1894), que, inicialmente, teve como palco a então capital federal, Rio de Janeiro. A Guerra de Canudos fechou o ciclo das rebeliões da primeira década republicana. Diferentemente das duas anteriores, foi localizada em uma pequena região, distante dos grandes centros do país, inclusive da capital estadual, a cidade de Salvador. E teve características peculiares, como a inexistência de um caráter político que colocasse em risco o novo regime. Mesmo assim, acabou caracterizada como uma rebelião monárquica, "A nossa Vendeia", como escreveu Euclides da Cunha no seu primeiro artigo jornalístico sobre a campanha de Canudos, publicado em O Estado de S. Paulo, em março de 1897, quatro meses antes de partir para a Bahia como correspondente de guerra.

Mais do que a mera descrição dos combates, Euclides da Cunha desenhou uma teoria explicativa do Brasil, da sua formação racial, do significado da República, das elites dirigentes e do poder político. Todos os livros escritos na época sobre a guerra ficaram circunscritos ao conflito e às suas causas imediatas. Em Os Sertões temos a apresentação de um amplo cenário que começa com a natureza ("A terra"), passa pela ocupação do sertão ("O homem") e chega, finalmente, à guerra ("A luta"). O autor usou como modelo o livro 93 do escritor francês Victor Hugo, que trata da guerra da Vendeia, na Bretanha, no noroeste da França, e cuja população durante a Revolução Francesa (iniciada em 1789) rebelou-se contra as medidas adotadas pelo governo de Paris. Dessa forma, Vendeia ficou associada ao conservadorismo dos camponeses diante das medidas modernizadoras e democráticas adotadas pela revolução.

Os Sertões, ao longo dos anos, transformou-se no maior clássico brasileiro, sem que pudesse ser classificado simplesmente como literatura de guerra, ensaio sociológico ou livro de História. Ele é tudo isso e muito mais, como se pode verificar nesta cuidadosa versão. Mas chega de falar sobre o livro de Euclides da Cunha. Comece a leitura desta adaptação. É uma grande aventura pelo interior do Brasil e agora com uma linguagem acessível.

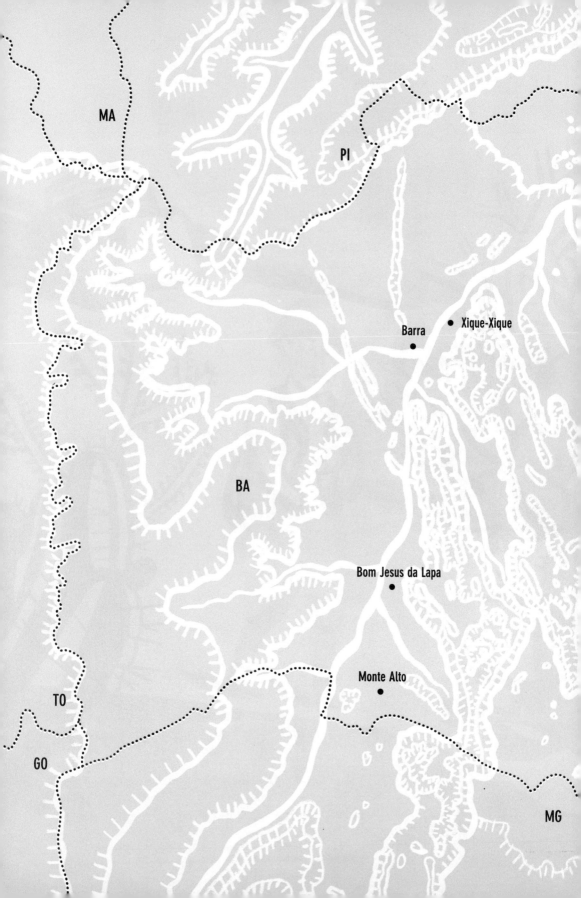

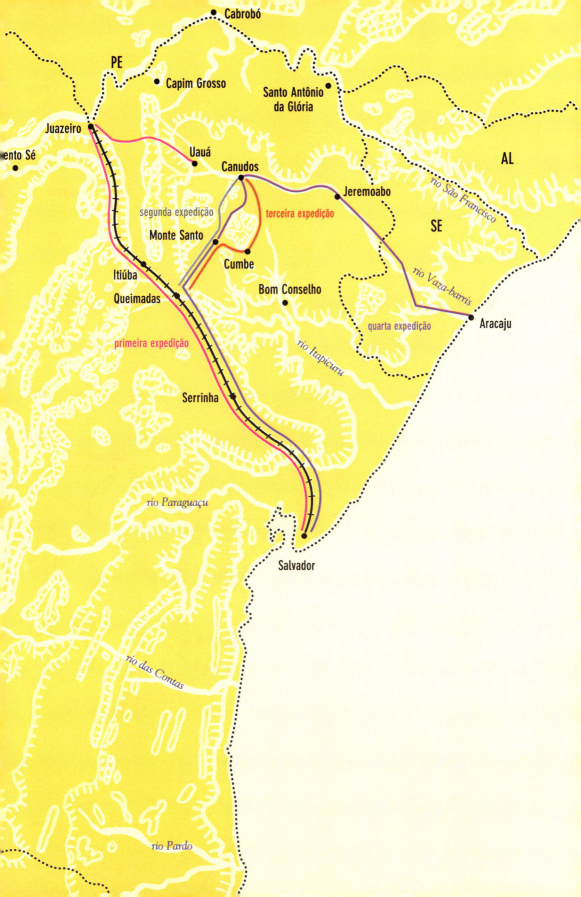

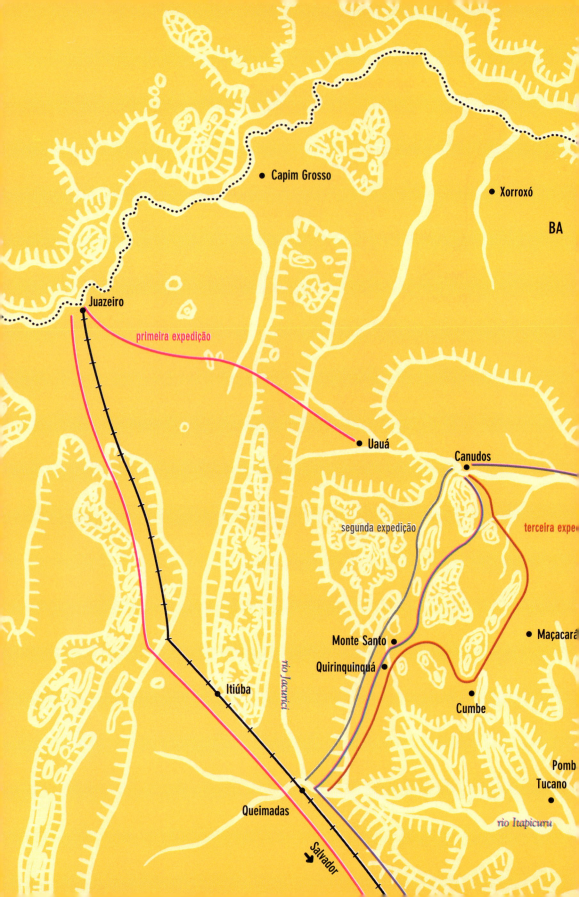

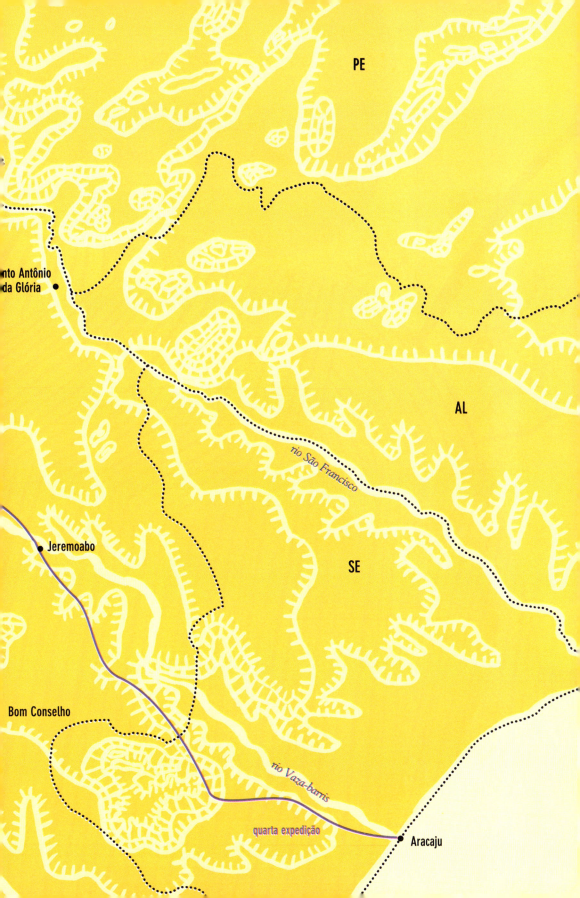

Prólogo

Escrevi *Os Sertões* entre 1898 e 1901, com a intenção de analisar os sertanejos do Brasil. Para mim, eles estavam destinados ao desaparecimento. Em breve seriam extintos. A civilização avançaria nos sertões, impelida pela implacável "força motriz da História": o esmagamento inevitável das raças fracas pelas raças fortes.

A campanha contra o arraial de Canudos, em 1897, da qual participei como jornalista, no meu entender foi um dos primeiros assaltos dessa luta. A luta entre os brasileiros que viviam à beira do Atlântico, com princípios civilizadores elaborados na Europa, e armados pela indústria alemã, contra os brasileiros do interior profundo, isolados, esquecidos pelas instituições por quatro séculos. Uma luta em que, ao final, os "civilizados" acabaram tendo um papel de bárbaros.

Para mim a campanha contra Canudos foi um crime.

Escrevi *Os Sertões*, também, para denunciar esse crime.

Este é um resumo do livro. Escrevo ao sabor da memória, como quem conta uma história muito antiga. Uma história que, apesar de ter acontecido de verdade, o tempo parece estar transformando em lenda...

A TERRA

1
O grande deserto ignorado

O planalto central do Brasil desce, nos litorais do sul, em despenhadeiros altos e abruptos, formando cordilheiras marítimas do Rio Grande do Sul a Minas Gerais.

Seguindo para o norte, as serras se arredondam e suavizam, até que na faixa costeira da Bahia o olhar, livre dos anteparos das montanhas, mergulhando no coração da terra, avista as chapadas do grande maciço continental do Brasil.

Expandindo-se para nordeste, nivelados pelos cumes da serra do Espinhaço, desses chapadões descem as águas que se destinam à bacia de captação do rio São Francisco.

A terra permanece elevada, alongando-se em planícies amplas, ou avolumando-se em falsas montanhas, sem vegetação, arrasadas por diversos agentes naturais, descendo em aclives fortes.

A serra do Grão-Mogol, nos limites da Bahia, é a primeira de uma série dessas esplêndidas chapadas que imitam cordilheiras, retalhadas por enormes sulcos de erosão, consequência das chuvas torrenciais. Nada mais são que planícies altas que, terminando de repente, formam encostas abruptas. As fortes enxurradas, caindo por ali há séculos, foram pouco a pouco aprofundando a terra, esculpindo cânions e vales, até emoldurar com escarpas e despenhadeiros aqueles planaltos.

Mas desaparecem completamente em vários pontos, e então estendem-se imensas planícies, enormes tabuleiros suspensos, numa prolongação indefinida de chapadões, ondulantes como oceanos.

São os campos gerais — grandes tablados onde vive a sociedade rude dos vaqueiros.

Adiante, a partir de Monte Alto, essas conformações naturais se dividem em duas: no rumo norte avança até o platô arenoso do rio Açuruá, formando o perfil fantástico do Bom Jesus da Lapa; para nordeste, graças às chuvas diluvianas, desenterram-se as montanhas, rasgam-se os lençóis de arenito, a Serra Geral se fragmenta, desfaz-se, e as águas descem, encachoeiradas, por um labirinto de serras tortuosas, pouco elevadas mas inúmeras.

A queda dos planaltos, até então suave, começa a se transformar em desnivelamentos consideráveis, caindo para os terraços inferiores, num tumultuar de morros incoerentes. Ali a serra principal de Itiúba eleva-se um momento, mas logo cai, para todos os rumos: para o norte, originando a corredeira de 400 quilômetros do Sobradinho; para o sul, em segmentos dispersos que vão até além de Monte Santo; e para leste, passando sob as chapadas de Jeremoabo, até se revelar no salto prodigioso da cachoeira de Paulo Afonso.

Dali, do alto da plataforma do maciço continental, em direção ao mar, à esquerda corre o rio São Francisco e, à direita, segue o leito tortuoso do Itapicuru.

Correndo quase paralelo entre eles, o rio Vaza-Barris desce por estupendos degraus, imprimindo naquele recanto da Bahia uma paisagem excepcional e selvagem. Um rio problemático, cortando uma terra ignorada pelo resto do país.

Ao chegar à região, compreendi por que até então faltavam informações precisas sobre um território tão grande, quase do tamanho da Holanda.

Transpondo o rio Itapicuru, vindo do sul, as antigas turmas de povoadores estacaram em vilarejos minúsculos, como Maçacará, Cumbe ou Bom Conselho, e entre os quais Monte Santo chegou a ter aparência de cidade: a sudoeste, espalharam-se em pequenos povoados à beira de cursos de água insignificantes, ou raras fazendas de gado, como a Uauá; ao norte e a leste, os povoadores pararam às margens do São Francisco, entre Capim Grosso e Santo Antônio da Glória. Nesse último rumo, apenas uma vila prosperou: Jeremoabo.

Tais lugares foram sempre evitados pelas vagas humanas, que vinham do litoral procurando o interior. Uma ou outra o cortou, rápida, sem deixar traços. Nenhuma lá se fixou. Não podia se fixar. O estranho deserto, a menos de 300 quilômetros de Salvador, predestinava-se a atravessar absolutamente esquecido os quatrocentos anos da nossa História.

Enquanto as bandeiras do sul desviavam pelos lados da Itiúba, as do nordeste, repelidas pela barreira intransponível da cachoeira de Paulo Afonso, iam procurar no rio Paraguaçu linhas de acesso mais fáceis em direção ao sul.

Toda aquela região permaneceu impenetrável, desconhecida, agravando o aspecto estranho da terra.

Ali a vegetação transforma-se. Extinguem-se as matas. Só arbustos tortuosos resistem, entremeados de bromélias. Morros secos, baixos, como pirâmides arredondadas e lisas, se sucedem até Juazeiro.

Em direção ao Piauí, Pernambuco, Maranhão e Pará, os povoadores que vinham do litoral da Bahia dividiam-se em Serrinha. Uns progrediam em direção a Juazeiro; outros contornavam à direita, pela Estrada Real do Bom Conselho, que desde o século XVII os levava a Pernambuco. Aquelas duas linhas de penetração, que vão alcançar o São Francisco em pontos afastados — Juazeiro e Santo Antônio da Glória —, formavam, desde aqueles tempos, os limites de um deserto, que todos evitavam.

Os poucos que se arriscavam a atravessar aquelas paragens sinistras e desoladas, partindo de Queimadas para nordeste, a princípio não se assustavam. O rio Itapicuru anima uma vegetação exuberante, e as barrancas pedregosas enfeitam-se de pequenas matas. O terreno permite travessia leve e rápida.

Porém, o lugar vai se tornando cada vez mais árido.

Depois da estreita faixa de cerrados, que margeia o rio Jacurici, entra-se em pleno agreste. Arbustos secos sobre a terra escassa dão ao conjunto a aparência de uma margem de deserto. E a face daquele sertão inóspito vai se esboçando, lenta e impressionante. Chega-se ao alto de uma ondulação qualquer e se avista, no quadro tristonho de um horizonte monótono, o fosco queimado das caatingas.

Aqui e ali, no entanto, ainda surgem paragens menos estéreis, parênteses breves abertos na aridez geral — charcos provocados pelas cheias dos rios. Essas lagoas mortas são paradas obrigatórias ao caminhante. Verdadeiros oásis, algumas mostram o esforço dos sertanejos, que as cercam com toscos muros de pedra, monumentos de uma sociedade obscura, patrimônio comum dos que por ali se agitam no clima feroz.

Transpostos esses oásis, entra-se outra vez nos areais ressequidos. E, avançando, o viajante tem a sensação da imobilidade. Um horizonte uniforme, invariável, se afasta à medida que ele avança.

Surgem algumas casas pobres. A maioria desabitada, em ruínas, pela retirada dos vaqueiros que a seca apavorou.

Perto de Quirinquinquá, porém, começa a movimentar-se o solo. A serra de Monte Santo empina-se. Dominante sobre a várzea, seu enorme paredão parece uma cortina de muralha, monumental.

O sítio do Caldeirão, 20 quilômetros adiante, ergue-se à margem dessa rebelião da natureza. Transpondo-o, entra-se, afinal, em cheio, no sertão fervente.

É um lugar impressionante.

As condições estruturais da terra e a violência dos agentes externos formaram um desenho de relevos estupendos. O regime torrencial das chuvas, brutal, excessivo, súbito, depois das secas demoradas, ressalta o aspecto atormentado.

Toda a paisagem denuncia o martírio da terra, brutalmente golpeada pelos elementos.

A extrema secura do ar, durante o dia, e a perda instantânea, à noite, do calor absorvido impõem às rochas um jogo de dilatações e contrações que as racham. Por outro lado, as chuvas, que fecham de improviso os ciclos das secas, precipitam ações demolidoras. Verões secos e invernos torrenciais ligam-se e completam-se, modificando o aspecto da natureza, despedaçando as rochas, formando "mares de pedra".

À luz crua dos dias sertanejos aquelas ásperas elevações pedregosas brilham, estonteantes, ofuscantes, recortadas pelos leitos secos de ribeirões que só se enchem nas breves estações das chuvas.

O caminhante tem a impressão de andar sobre o fundo de um mar extinto... o estranho desnudamento da terra, os alinhamentos dos materiais fraturados, as escarpas que parecem falésias, os restos da fauna, vértebras desconjuntadas e partidas, como se ali a vida fosse, de chofre, extinta pelas energias revoltas de um cataclismo.

Até o final do século XIX nenhum cientista havia ainda suportado as agruras daquele rincão sertanejo em tempo suficiente para o estudar. Os poucos que por lá passaram palmilharam suas trilhas com a rapidez de quem foge. Sempre evitada, aquela parte do sertão era quase totalmente desconhecida até a época em que lá cheguei.

Eu a atravessei no começo de um verão ardente, e a vi em seu pior aspecto. Foi, portanto, o resultado de uma impressão isolada. E desfavorecida pelas emoções da guerra. Além disso, contei apenas com os dados de um único barômetro "suspeito", instrumento absolutamente insuficiente.

No verão o sol fere a terra. Ela absorve seus raios, multiplica-os, e reflete-os num reverberar ofuscante. A atmosfera junto ao chão vibra e ondula como bocas de fornalha. O dia fulmina a natureza silenciosa, e abate a galhada sem folhas da flora sucumbida.

Nuvens e ventos desaparecem por longos meses, reinando calmarias pesadas. O ar fica parado, sob a calma luminosa dos dias causticantes. As correntes ascendentes dos vapores aquecidos sugam a pouca umidade da terra, e a secura da atmosfera atinge graus anormais, sinais de terríveis secas.

Em fins de setembro de 1897, observei essa total falta de umidade na atmosfera através de um "instrumento" inesperado e bizarro.

Percorrendo as proximidades de Canudos, num momento de trégua da guerra que se desenrolava, ao descer de uma encosta, encontrei um soldado descansando, de braços abertos e rosto voltado para o céu.

O soldado descansava ali... havia três meses.

Morrera no assalto de 18 de julho. A farda, em tiras, mostrava que sucumbira em luta corpo a corpo. Não tinha sido encontrado quando enterraram os mortos.

Estava intacto. Apenas murchara. Mumificara, sem decomposição, conservando os traços fisionômicos. Nem um verme lhe corrompera os tecidos. Era um "aparelho" revelando-me, de modo absoluto, a secura extrema do ar.

2
O rio, as plantas, os animais

Do alto da serra de Monte Santo, como num mapa em relevo, vê-se a conformação das montanhas em torno de um raio de 100 quilômetros. As serras, em vez de se alongarem para o nascente, acompanhando os traçados do Vaza-Barris e do Itapicuru, progridem para o norte. As serras Grande e do Atanásio, unindo-se na do Acaru, formam a nascente do rio Bendegó e seus afluentes efêmeros. Mais adiante, unem-se às serras de Caraíbas e do Lopes, formando as massas do Cambaio, de onde irradiam as pequenas cadeias do Coxomongó e Calumbi.

Lançando-se a noroeste, a serra do Aracati, à borda dos tabuleiros de Jeremoabo, progride, descontínua, e, depois de encontrar o Vaza-Barris em Cocorobó, vira-se para o poente, repartindo-se nas serras da Canabrava e Poço de Cima. Todas traçam, afinal, uma curva fechada ao sul, por um morro — o da Favela, em torno de larga planície onde se erguia o arraial de Canudos —, e daí, para o norte, de novo se dispersam e vão caindo, até acabarem em chapadas altas, à borda do São Francisco.

Pelas cabeceiras da serra de Itiúba desce o Vaza-Barris seu longo curso tortuoso.

É um rio sem afluentes. Seus pequenos tributários, o Bendegó e o Caraíbas, têm curta existência, nas estações chuvosas. Enchem-se de súbito, transbordam, aprofundam os leitos, rolam por alguns dias para o rio principal, e desaparecem.

No leito do próprio Vaza-Barris, durante o verão, cresce grama e pastam os rebanhos. Ele se transforma em poças estagnadas, que vão secando lentamente. "Vazando", como o nome indica.

Nas cheias, porém, é uma onda tombando das vertentes da Itiúba, multiplicando a energia da corrente no apertado dos desfiladeiros, correndo veloz entre barrancos, ou entalado em serras, até Jeremoabo.

Seguindo seu curso, a natureza em volta do Vaza-Barris é brutal como ele. As disposições naturais se embaralham e confundem: planícies que de perto revelam dunas; morros baixos que pelo contraste das várzeas parecem ter grande altura; planaltos que se revelam extensas covas...

Entretanto, depois dessa travessia em que supõe pisar escombros de terremotos, um quadro inesperado surpreende o viajante que sobe a ondulação mais próxima de Canudos: o morro da Favela. No topo deste, olhando adiante, ele nada mais vê que lhe recorde os cenários até então contemplados. Tem na frente o contrário do que viu!

Ali estão os mesmos acidentes e o mesmo chão... mas a reunião de tantos traços incorretos e duros — cavernas, despenhadeiros, gargantas profundas — cria uma nova perspectiva.

E o caminhante quase compreende por que os matutos supersticiosos, de imaginação ingênua, acreditaram que "ali era o céu".

O arraial de Canudos, embaixo, ergue-se no mesmo solo perturbado. Mas, visto daquele ponto, do alto da Favela, com a distância suavizando as encostas e aplainando-as, dando a ilusão de uma planície ondulante e grande, o povoado parece rodeado de uma curva de montanhas majestosas.

O observador tem a impressão de se achar sobre um platô muito elevado. Na planície, embaixo, mal se avistam os pequenos cursos d'água.

Um único se distingue, o Vaza-Barris, torcendo-se entre as colinas.

Numa das curvas do rio, entulhada de uma quantidade enorme e confusa de casebres de barro, avistei pela primeira vez o arraial de Canudos.

A travessia das veredas sertanejas é mais exaustiva que a de uma estepe nua. Nesta, ao menos, o viajante tem o alívio de um horizonte amplo, a perspectiva das planícies abertas, ao passo que a caatinga afoga, abrevia o olhar, agride, atordoa, enlaça e repulsa com suas folhas que queimam e seus espinhos em lanças. Estende à sua frente quilômetros e quilômetros de uma paisagem de aspecto imutável, desolado, bloqueada por árvores sem folhas, de galhos torcidos e secos, revoltos, entrecruzados, apontando para o alto, ou estirando-se tortuosos pelo chão, numa agitação imensa de flora agonizante.

Essas árvores, vistas em conjunto, parecem uma só família, de poucos gêneros, quase reduzida a uma espécie invariável, divergindo apenas no tamanho, tendo todas a mesma conformação, a mesma aparência de vegetais quase sem troncos, agonizando logo ao brotar. É que, pela necessidade de adaptação às condições do meio ingrato, ajustam-se a um molde único, procurando atributos que lhes proporcionem maior capacidade de resistência.

A luta pela vida, que nas florestas se traduz como uma tendência irreprimível para a luz, na caatinga é de todo oposta. O sol é o inimigo que é preciso evitar, iludir ou combater. E, evitando-o, as plantas trazem impressas, no aspecto anormal, as marcas dessa batalha.

Altas em outros lugares, ali se tornam anãs. Algumas chegam a enterrar os troncos, como se quisessem voltar para a terra. Ao mesmo tempo ampliam as copas, alargando a superfície de contato com o ar. Atrofiam as raízes, criando tubérculos inchados de seiva. Diminuem as folhas, que se tornam duras como aparas de metal. Revestem os frutos com uma casca rígida. As vagens, quando se abrem, estalam como se tivessem molas de aço. Assim disposta, a árvore se prepara para reagir contra o regime brutal.

Ajusta-se às secas, ao ar ardente e ao chão empedrado, e estende para todos os lados sua ramagem de espinhos.

Algumas, em terrenos mais favoráveis, iludem ainda as intempéries. Veem-se capões de macegas, cajueiros anões, bromélias, macambiras, caroás, gravatás, ananases bravos, cactos, favelas, alecrins, canudos-de-pito, mandacarus, xiquexiques... todos trançados em touceiras impenetráveis.

E há os "milagres"...

Os juazeiros, que raro perdem as folhas de um verde intenso. Sucedem-se meses e anos ardentes, o solo se empobrece inteiramente, às vezes com os incêndios espontâneos, acesos pelas ventanias atritando os galhos secos, mas os juazeiros permanecem agitando as ramagens, alheios às estações, sempre floridos, salpicando o deserto com suas flores cor de ouro, em oásis verdejantes e festivos.

E os umbuzeiros, de galhos numerosos. É a árvore sagrada do sertão, desafiando as secas duradouras e terríveis, sustentando-se graças à energia vital que economiza nas estações benéficas. E reparte com o homem suas reservas de água guardadas nas raízes. Alimenta-o e alivia sua sede. Se não existisse o umbuzeiro, aquele pedaço de sertão estaria despovoado. Seus ramos curvos e entrelaçados parecem feitos de propósito para a armação das redes. Com seus frutos, de sabor esquisito, o sertanejo prepara a umbuzada tradicional. O gado come o sumo das suas folhas. A copa arredondada abriga homem e gado em sua sombra.

Como a flora, a fauna resiste nas caatingas: os caititus esquivos, os queixadas de canela ruiva, as emas velocíssimas, as seriemas de vozes lamentosas, as sericoias vibrantes, as temíveis suçuaranas, os veados ariscos, os mocós espertos, os novilhos desgarrados... Num tumultuar de voos desencontrados, passam, em bandos, as pombas bravas, as turbas das maritacas estridentes...

A dureza dos elementos aumenta, porém, em certas épocas, a ponto de desnudar completamente a paisagem. Secam os fundos das cacimbas. Os leitos endurecidos dos rios mostram, feito enormes carimbos, em moldes, os rastros velhos das boiadas.

O verão avança. O sertão se torna impróprio à vida.

No auge das secas as caatingas são positivamente o deserto. Mas quando estas não se prolongam, a ponto de exigirem o abandono das terras, o homem luta, como as árvores, com as reservas armazenadas nos dias de fartura, e nesse combate feroz anônimo, terrivelmente obscuro, afogado na solidão das chapadas, a natureza não o abandona de todo. Ampara-o muito além das horas de desesperança, que acompanham o esgotamento das últimas cacimbas.

Ao sobrevir das chuvas, os vales secos fazem-se rios. A vegetação se reveste de flores. Cai a temperatura. Diminui a secura do ar. Surgem novos tons de verde na paisagem. Os horizontes se ampliam. O céu perde o azul carregado dos desertos.

E o sertão vira um vale fértil. Um vasto pomar, sem dono.

Mas logo tudo isso se acaba. Voltam os dias torturantes, a atmosfera asfixiadora, o empedramento do solo, a nudez da flora...

Oscilando entre duas estações únicas, a natureza diverte-se nesse jogo de opostos.

Colaborando nesse processo de desertificação, há um agente geológico notável — o homem.

Assumimos, de fato, em todo o decorrer da História, o papel de um terrível fazedor de desertos. Isso começou por um desastroso legado indígena. Na agricultura primitiva dos silvícolas, o fogo era instrumento fundamental.

Cortadas as árvores, ateavam fogo aos ramos, transformando em cinzas o que fora mata exuberante. Cultivavam a terra, colhiam, e renovavam o mesmo processo de queimada na estação seguinte. Até que, de todo exaurida, aquela mancha de terra se tornava imprestável à agricultura, ficando dali por diante irremediavelmente estéril.

O aborígine prosseguia, abrindo novas roças, novas derrubadas, novas queimadas, alargando o círculo dos estragos. E agravando os rigores do próprio clima.

Veio depois o colonizador e copiou o mesmo processo ao adotar a criação de gado.

Desde o começo do século XVII abriram-se nos sertões campos enormes, pastos comuns, sem divisas, estendendo-se pelas chapadas afora. Abria-os, de idêntico modo, o fogo, aceso livremente, arrasando largos espaços.

Ao mesmo tempo, também o sertanista, ganancioso e bravo, em busca do silvícola e do ouro, aniquilou a flora com incêndios, para desafogar os horizontes e descobrir as presas nos descampados limpos.

Imaginem-se os resultados de semelhante processo aplicado, sem trégua, no decorrer de séculos... O mal é antigo. Colaborando com a evaporação, o calor abrasador, a erosão provocada pelos ventos e tempestades, o homem se fez mais um componente nefasto entre as forças daquele clima demolidor. Se não o criou, tornou-o pior.

O sofrimento do sertanejo é o reflexo de uma tortura maior, mais ampla, que o cerca.

O sofrimento do sertanejo nasce do sofrimento da terra.

O homem

1
Os vários Brasis

As raças mestiças do Brasil estão sujeitas às influências de três elementos étnicos.

Os estudos sobre a pré-história indígena mostram que os nossos silvícolas podem ser considerados a raça natural da nossa terra.

Dos dois outros elementos formadores, vindos de fora, o negro, qualquer que tenha sido seu local de origem na África, trouxe com ele as características preponderantes dos povos de lugares quentes e bárbaros, onde a seleção natural, mais que em quaisquer outras, se faz pelo exercício intenso da ferocidade e da força.

O terceiro elemento, o português, que nos liga à vibrante estrutura intelectual do celta, já chegou aqui modificado pela complicada miscigenação ainda em Portugal.

Conhecemos os três elementos essenciais da composição étnica do nosso povo, nosso meio físico e as condições históricas adversas ou favoráveis que sobre eles agiram. Considerando, porém, todas as alternativas e todas as fases dessa mistura de raças, somos forçados a admitir que estamos longe de entender como se constituiria nossa etnia. Temos brasileiros de diferentes atributos físicos e psíquicos, sob a influência de meios muito variáveis, enfrentando diversos climas e vivendo sob as mais variadas condições de vida. As categorias geográficas atuam sobre o homem, criando diferenças étnicas.

De nada adianta tentar manter intactas as características próprias do índio, do negro e do português. Esses três elementos iniciais não se unificam, não convergem para um mesmo tipo; ao contrário, desdobram-se, originando uma mestiçagem embaralhada em que se destacam o mulato, o mameluco e o cafuzo.

As questões iniciais se deslocam. As respostas tornam-se mais difíceis. Em vez de estudar as três raças elementares, temos de nos voltar para a análise de suas subcategorias.

O "brasileiro", portanto, só pode surgir de uma mistura de raças e sub-raças altamente complexa.

Se a todo esse caldo ainda acrescentarmos as particularidades históricas de cada território, as disparidades do clima e da geografia, e os cruzamentos com imigrantes de outros povos, temos de concluir que não é de admirar que reine tamanha confusão entre os nossos antropólogos a respeito de quem somos e como nos constituímos.

Alguns estudiosos, misturando e fundindo as três raças, e afirmando que o meio físico tem apenas uma função secundária, decretam a extinção quase completa do silvícola, a influência decrescente do africano depois da abolição da escravatura, e preveem a vitória final do branco, mais numeroso e mais forte. Provam esse ponto de vista concluindo que se o mulato é uma forma cada vez mais diluída do negro, e o caboclo, uma forma cada vez mais diluída do índio, ambos estão no caminho de se tornarem brancos...

Outros deliram, aumentando a influência do indígena. Delírios a que nem falta poesia, porque alguns invadem a ciência com versos de Gonçalves Dias.

Outros vão terra a terra demais. Exageram a influência do africano. Elevam os dotes do mulato. Proclamam-no o mais característico tipo da nossa etnia.

O assunto assim vai tomando muitos rumos. E se perdendo.

Para mim, isso acontece porque o propósito essencial dessas investigações se volta para a procura de um tipo étnico único, quando, na verdade, existem muitos.

Não temos unidade de raça.

Não a teremos, talvez, nunca.

Estaríamos predestinados à formação de uma raça histórica. Em futuro remoto. Mas isso só se dará pelo caminho da civilização. Nossa evolução biológica depende da nossa evolução social. Estamos condenados à civilização.

Ou progredimos, nos civilizando, ou desaparecemos.

Se considerarmos os vários aspectos climáticos do Brasil, desde o frio do sul, passando pelas tormentas do Mato Grosso, às secas do norte, temos de admitir que há, no nosso meio físico, como em nossa composição étnica, variabilidade completa.

Erram os que generalizam, nos chamando de país tropical. Nosso povo não sofre a ação exclusiva de um clima tropical. A não ser, claro, na faixa correspondente a esse clima. Por exemplo, no calor úmido das paragens amazonenses. Lá, o clima deprime e esgota. Toda a atividade sucumbe ao permanente desequilíbrio entre as energias impulsivas, fortemente excitadas, e a apatia provocada pelo calor excessivo, numa progressão prejudicial ao desenvolvimento intelectual, dando a vitória aos instintos. Aí o meio tropical vence, esmaga, anula o homem com o impaludismo, a hepatite, as febres esgotantes, o calor abrasador, a maleita...

Isso não acontece em grande parte do Brasil central e em todos os lugares do sul. O calor seco provoca disposições mais animadoras e tem ação estimulante mais benéfica. E, descendo bem para o sul, encontramos condições incomparavelmente superiores: uma temperatura anual média variando entre 17 e 20 graus, numa sucessão mais harmônica de estações; um regime fixo de chuvas que, preponderantes no verão, se distribuem no outono e na primavera de modo favorável às culturas; e, chegando o inverno, a impressão é a de um clima europeu, com chuviscos finos, garoa, a neve às vezes rendilhando as vidraças, os pântanos congelando e as geadas branqueando os campos.

Nossa História confirma e traduz essas características tão diferentes. Vemos, logo na fase colonial, a separação radical entre o sul e o norte. Apesar de estarem sob a influência e o poder de uma administração única, a corte portuguesa, foram duas sociedades diferentes, em formação.

Ao sul, novas tendências, maior atividade, maior vigor do povo, mais vivacidade, mais praticidade, maior espírito aventureiro, em suma, um largo movimento progressista.

Ao norte, capitanias espalhadas e incoerentes, submetidas à mesma rotina, desorganizadas e imóveis, vivendo coagidas, em função dos alvarás da corte distante.

A História, ao norte, é mais teatral. Lá surgem heróis. Mas parecem maiores do que são, pelo contraste com o meio. Escrevem belas páginas na História do Brasil, vibrantes... mas confusas, sem objetivo certo.

Preso no litoral, entre o sertão impenetrável e o mar, o velho agregado colonial tendia a chegar ao nosso tempo ainda assim, sem mudar. Porém, felizmente, a onda impetuosa do sul o atingiu.

O meio menos adverso do sul emprestou, cedo, mais vigor aos forasteiros. Da assimilação das primeiras tribos indígenas surgiram os bandeirantes, cruzados das conquistas sertanejas, mamelucos audazes. O paulista — e a significação histórica desse nome abrange os filhos do Rio de Janeiro, Minas, São Paulo e regiões do sul — construiu-se como um tipo autônomo, aventureiro, rebelde, livre, com a feição perfeita de um dominador da terra, emancipando-se, insubordinado, da tutela de Portugal. Afastou-se do mar e dos galeões da metrópole, investindo contra os sertões desconhecidos, traçando a epopeia inédita das bandeiras.

No sul a força viva do temperamento não desfalecia num clima enervante; ao contrário, tinha como aliada a própria força da terra. O homem sentia-se forte.

Além disso, a serra do Mar libertou-o da preocupação de defender o litoral, palco principal da cobiça do estrangeiro. No alto, defendido pelas escarpas intransponíveis, ao mesmo tempo um isolador térmico e um isolador histórico, o sulista anulou o apego ao litoral que se exerce ao norte e voltou-se às matas, e à atração misteriosa das minas de ouro e prata.

É fácil mostrar como essa diferença de ordem física do meio explica as anomalias e contrastes entre os sucessos nos dois pontos do país, o norte e o sul. Não temos contraste maior na nossa História.

Os sertões, como vimos anteriormente, obrigam a maneiras de agir próprias, e fazem exigências biológicas peculiares.

O filho do norte não tinha um meio físico favorável. O colono nortista, nas entradas para o oeste ou para o sul, batia logo de encontro à natureza adversa. Apertado entre os canaviais da costa e o sertão, entre o mar e o deserto, perdeu a energia e o espírito de revolta. Tal contraste não se baseia em causas étnicas básicas. Foi, antes, a influência do meio em nosso movimento histórico.

Volvamos ao ponto de partida.

Tamanha variação do meio, e as dosagens desiguais dos nossos três elementos étnicos essenciais por território tão grande, preparam o surgimento de sub-raças diferentes, pela própria diversidade das condições de adaptação, nos levando muito longe da uniformidade proclamada por alguns, originando uma mestiçagem complexa e desigual.

Ou seja, não há um tipo étnico "brasileiro".

No meu livro, *Os Sertões*, eu quis analisar, nessa intrincada mestiçagem, uma dessas sub-raças. Eu quis definir o sertanejo.

2
A origem do sertanejo

A marcha do povoamento, do Maranhão à Bahia, foi vagarosa. No começo os portugueses chegaram ao Brasil espalhados por vários pontos dessa nossa imensa costa, em pequenas levas de degredados, ou como colonos, ambos contrariados, sem o ânimo e o desempenho dos conquistadores.

O Brasil era a terra do exílio. Vasto presídio com que se amedrontavam em Portugal os hereges, os pecadores, os criminosos e todos os demais passíveis da sombria justiça daqueles tempos. Desse modo, nos primeiros tempos, o número reduzido de povoadores contrasta com a imensidão da terra e a grandeza da população indígena. Mais de cem anos após o descobrimento ainda havia aqui pouco mais de 3 mil portugueses. E esses homens de guerra, sem lar, acostumados à vida solta dos acampamentos, degredados, aventureiros, eram bem apropriados para a miscigenação. A relação com as caboclas descambou logo em franca devassidão, de que até o clero se aproveitou.

A primeira mestiçagem, na região norte, se fez logo, intensamente, entre o europeu e a silvícola.

Os africanos, no primeiro século, eram poucos. Com a vinda em grande escala dos escravos, iniciada em fins do século XVI, e que não mais parou até 1850, os historiadores geralmente dão ao negro uma influência exagerada na formação do brasileiro. É discutível que a miscigenação com o africano tenha atingido profundamente os sertões.

Na verdade, a origem do mulato se deu fora do nosso país. Em 1530 já havia 10 mil negros em Lisboa. A primeira mestiçagem com o africano aconteceu na metrópole. Entre nós, naturalmente, cresceu. Além disso, as numerosas importações de escravos se acumulavam no litoral. Margeavam a costa da Bahia ao Maranhão, como uma grande borda negra, mas pouco penetravam o interior.

A cultura da cana-de-açúcar determinou o esquecimento dos sertões. O elemento africano parou nos vastos canaviais da costa, preso à terra. Enquanto isso, no interior, o indígena vivia livre, inapto ao trabalho escravo. Rebelde. Ou tolhido nos aldeamentos dos missionários jesuítas pelos esforços da catequese, para a "salvação de suas almas", eufemismo para o monopólio da mão de obra silvícola.

Desse modo se estabeleceu a diferença entre os cruzamentos realizados no sertão e no litoral.

Sendo, em ambos os casos, o elemento branco o denominador comum, como resultado principal temos: no litoral, o mulato; no interior, o caboclo.

A formação da população sertaneja é bastante original.

Após os primeiros sertanistas dominarem e escravizarem os silvícolas, veio o cruzamento inevitável. Surgiu logo uma raça de caboclos puros, quase sem mistura de sangue africano.

Isolados no sertão, o temperamento aventureiro do colono e a impulsividade do indígena conservaram seus atributos, mantendo hábitos antigos. E assim os encontrei quando fui cobrir a rebelião do arraial de Canudos para o jornal *O Estado de S. Paulo*, em fins de 1897. Com as suas vestes características, seus hábitos ancestrais, seu apego às tradições mais remotas, seu sentimento religioso levado ao fanatismo, seu exagerado ponto de honra, e o folclore belíssimo, de três séculos.

Raça forte e antiga, diferente das demais deste país, ela é sem dúvida um exemplo do quanto as pessoas são afetadas pelo meio em que vivem.

Enquanto mil causas perturbaram e complicaram a mestiçagem no litoral, toda essa população perdida num recanto dos sertões permaneceu lá, à parte, reproduzindo-se livre de elementos estranhos. Realizando, por isso mesmo, com a máxima intensidade, um cruzamento uniforme, capaz de justificar o aparecimento de um tipo mestiço bem definido, completo.

Isso se deu num país que parecia diferente do nosso: aquele vasto território desértico cortado pelo rio Vaza-Barris.

Já descrevi para vocês a fisionomia original desse "país": a flora agressiva, o clima impiedoso, as secas periódicas, o solo estéril, as serras desnudas...

Essa região ingrata, esburacada pelas tormentas, endurecida pela ossatura das pedras, ressecada pelo sol inclemente, purgando espinhos e caatingas... como que se preparava para as grandes batalhas da fé a que eu iria assistir, e que impressionou todo o Brasil.

Os habitantes primitivos da região eram tapuias. Por lá, nas terras que circundam Canudos, ainda hoje predominam as denominações de origem tapuia: Uauá, Bendegó, Cumbe, Maçacará, Cocorobó, Jeremoabo, Xorroxó, Quirinquinquá, Conchó, Sento Sé, Xique-Xique, Jequié, Sincorá, Catolé, Orobó, Mucugê...

É natural que as grandes populações sertanejas que se formassem ali tivessem uma dosagem preponderante do sangue tapuia. E como lá ficassem, exiladas durante três séculos, num abandono completo, de todo alheias ao destino do resto do Brasil, acabaram guardando, intactas, as tradições do passado. Por isso, quem atravessa aqueles lugares pode observar uma uniformidade notável no povo, dando a impressão de que se trata de um tipo antropológico acabado, constante, diferente do mestiço do litoral logo à primeira vista.

A uniformidade impressiona mesmo. O sertanejo do norte é, inegavelmente, o tipo de uma subcategoria étnica já constituída.

A verdade, porém, é que se todo elemento étnico forte tende a subordinar ao seu destino o elemento mais fraco, segundo as conclusões do evolucionismo, ele encontra na mestiçagem um problema de difícil solução, que perturba os estudiosos. Com a mestiçagem, a expansão do elemento mais forte, que era para ser irresistível, retarda-se. A luta assume uma outra forma. Deixa de ser o extermínio rápido da raça inferior pela guerra e passa à eliminação lenta, à absorção vagarosa. O elemento mais fraco não se extingue bruscamente. Ele se dilui no cruzamento. Com isso o conflito original, o mais forte eliminando o fraco, continua, mas quase imperceptível, pelo correr dos séculos.

É que nesse caso a raça forte não destrói a fraca pelas armas. Esmaga-a pela civilização.

Nisso, o abandono em que ficaram os rudes sertanejos daquela região teve função benéfica. Libertou-os da adaptação penosa a um estágio social superior e, ao mesmo tempo, evitou que descambassem para as aberrações e vícios dos meios adiantados.

A miscigenação entre eles aconteceu em circunstâncias mais favoráveis aos elementos inferiores. O elemento étnico preponderante, o branco, transmitiu as tendências civilizadoras, não *impôs* a civilização.

O sertanejo é um retrógrado, não um degenerado.

As contingências históricas o libertaram, na fase delicada da sua formação, das exigências desproporcionais de uma cultura vinda de fora. Porém, ao mesmo tempo, o prepararam para conquistar essa cultura, um dia.

A sua evolução psíquica, por mais demorada que esteja destinada a ser, tem, agora, a garantia de um tipo fisicamente constituído e forte. Aquela raça cruzada, cabocla, surge autônoma e original, de sorte que, quando afinal se libertar por completo da existência selvagem, poderá alcançar a vida civilizada.

O sertanejo alcançará a civilização, por não ter a civilização o atingido de repente.

Mas chega dessas divagações pouco atraentes. Já é hora de considerar diretamente a figura do sertanejo.

Vou procurar reproduzir as impressões que tive quando, subitamente, acompanhando uma marcha militar, numa volta do sertão, dei de frente com aqueles desconhecidos singulares, que ali estão, abandonados, há tantos séculos.

3
O sertanejo, o jagunço e o fanático

O sertanejo é, antes de tudo, um forte.

A sua aparência, entretanto, à primeira vista, mostra o contrário. É desajeitado, desengonçado, torto. É uma mistura de Hércules com Quasímodo. O andar sem firmeza, sem aprumo, vacilante e tortuoso, representa o movimento de membros desarticulados. A pé, quando parado, encosta na primeira parede que encontra. Caminhando, mesmo a passo rápido, não traça uma reta firme. E se para para enrolar um cigarro, ou conversar, cai logo de cócoras.

Parece sempre cansado, numa tendência constante à imobilidade e à quietude.

Entretanto, toda essa aparência engana.

Desaparece de repente, basta surgir qualquer incidente que exija dele uma reação, que desperte suas energias. Ele então se transforma, apruma-se, a cabeça se firma, alta, sobre os ombros possantes, o olhar se torna corajoso e forte.

Numa descarga nervosa instantânea, todo o relaxamento some, e surgem inesperadamente uma força e agilidade extraordinárias.

O sertanejo é de apatias longas, mas de impulsos extremos. Passa da máxima quietude à máxima agitação.

Acompanhando vagarosamente o passo das boiadas, o vaqueiro do sertão amolece em sua sela. Mas se, de repente, uma rês se desgarra e envereda pela caatinga, ele se transforma. Sai velozmente atrás dela, colado ao dorso do cavalo como um centauro bronco, rompendo pelos espinhos. Aqui curvando-se, ágil, sob um galho, ali desmontando, de repente, como um acrobata, agarrado às crinas do animal, para fugir de um tronco, e subindo, logo depois, num pulo, para a sela... até alcançar e restituir a rês desgarrada ao rebanho.

Mas, terminada a refrega, lá vai ele de novo, caído sobre a montaria, desengonçado, mole, quieto.

O sertanejo foi criado tendo, sobre a cabeça, como ameaça permanente, o sol. O sol o acostumou a períodos sucessivos de devastações e desgraças, e o fez atravessar a mocidade numa sucessão de catástrofes.

Ele se faz homem, quase sem ter sido criança. É um condenado à vida, envolvido em combate sem tréguas.

O meio o faz forte, esperto, resignado e prático. E o prepara, cedo, para a luta.

O seu aspecto é o de um guerreiro. Sua veste é uma armadura. Vestido de outro modo não poderia atravessar, incólume, as caatingas. Envolto no gibão de couro; apertado no colete também de couro; calçando as perneiras, de couro ainda, muito justas, coladas às pernas e subindo até as virilhas, com joelheiras de sola; com os pés e as mãos protegidos por luvas e botas de pele de veado — essa armadura, de um vermelho-escuro, sujo, como se fosse feita de bronze, não tem cintilações, não brilha, não reflete o sol. É fosca, como todas as coisas no meio que o cerca.

O sertanejo atravessa a vida entre ciladas, surpresas repentinas, ataques de uma natureza que ele é incapaz de compreender, sem um minuto de descanso. É um batalhador sempre audacioso e forte, preparado para um encontro que nunca vence, mas que também não permite que o vença.

Viver é adaptar-se. A caatinga o talhou à sua imagem: bárbaro, impetuoso, rude, de reações súbitas.

O jagunço, sertanejo guerreiro, como muitos que seguiram Antônio Conselheiro, líder religioso da rebelião de Canudos, é menos heroico. É mais obstinado, mais resistente, mais perigoso, mais forte, mais duro.

Procura o adversário com o propósito firme de o destruir, seja como for. A sua vida é uma conquista árdua, por isso ele a guarda como seu bem mais precioso. Não desperdiça a mais ligeira contração muscular, a mais leve vibração nervosa, sem a certeza do resultado. Calcula friamente. Ao brandir o facão, não dá um golpe em falso. Ao apontar a espingarda ou o trabuco, dorme na pontaria... O adversário tem sobre si, daquela hora em diante, mirando-o pelo cano da espingarda, o ódio indestrutível do jagunço, que o perseguirá até a morte, nas sombras ocultas das tocaias.

E há um terceiro tipo de sertanejo, posto em evidência, como o jagunço, na rebelião de Canudos: o fanático.

O heroísmo encena nos palcos dos sertões tragédias espantosas, resultado da luta entre a terra e o homem.

A princípio, no começo dessa luta, pedindo chuva, o sertanejo reza, olhos postos na altura. O seu primeiro amparo é a fé religiosa.

Carregando seus santos milagreiros, cruzes, andores, bandeiras do Divino, lá se vão eles, mudando os santos de um lugar para o outro, dias e dias, pelo deserto monótono, em lentas procissões e ladainhas tristes. Mas os céus continuam sinistramente claros, sem nuvens. O sol fulmina a terra. O sertanejo olha os filhos, apavorados, contempla os bois mortos, mas não perde a fé, a crença não diminui, não duvida da Providência Divina... que o esmaga.

Contempla a ruína da fazenda. Bois caídos sob as árvores secas. Bois mortos há dias, mas que continuam intactos porque os próprios urubus não conseguem romper a bicadas as peles esturricadas.

Tudo se esgota e morre à sua volta. E a situação não muda. Não há probabilidade nenhuma de chuva. Na galhada seca das caatingas o sol alastra os incêndios, que não se tem como apagar.

Isolado, abandonado pelo governo, em luta aberta com o meio, o sertanejo está na fase religiosa de um monoteísmo obscuro, contaminado por um misticismo extravagante. É audacioso e forte, mas ao mesmo tempo crédulo, ingênuo, deixando-se facilmente arrebatar pelas superstições mais absurdas.

Todas as manifestações de devoção complexas, de religiosidade indefinida... Todas as aparições fantásticas, todas as profecias esdrúxulas de messias insanos, com suas romarias, missões, penitências... Tudo pode ser explicado por uma fé exaltada.

As agitações religiosas do sertão, e seus evangelizadores e messias únicos, característicos, ascetas mortificados por flagelos, seguidos sempre de fiéis numerosos, que se deixam fanatizar, arrastar, dominar, endoidecer... fazem lembrar a fase mais crítica da alma portuguesa, a partir do final do século XVI. Nessa fase, depois de haverem sido, por um longo período, os protagonistas da História com os Grandes Descobrimentos, os portugueses, o mais interessante dos povos da época, caíram em decomposição rápida, e todos os terrores da Idade Média imobilizaram Portugal no catolicismo.

Essa grande herança de superstições, deixada para trás no resto da Europa pelo iluminismo, transplantada para cá por nossos colonizadores, chegou ao sertão. E aí, pelo isolamento, ficou intacta.

Os portugueses impressionáveis que aqui chegaram, e espalharam seus fervores religiosos pelos sertões, repercutiam ainda os tempos das fogueiras da Inquisição. Eram parcelas do mesmo povo que, em Lisboa, sob a obsessão dos milagres, e assaltado por alucinações, tinha, como salvação única, para todos os seus males, a fórmula das esperanças messiânicas.

Considerando o meio terrivelmente hostil do sertão, com suas tragédias sem consolos, é natural que essa religiosidade supersticiosa, transplantada para cá pelos portugueses, tenha encontrado terreno fértil. É natural, portanto, que também tenham surgido entre nós, como lá, messias insanos. É natural que pelos sertões aparecessem as figuras dos profetas antigos, errantes, devotados ao martírio, arrebatando na mesma insanidade, no mesmo sonho doentio, as multidões crédulas.

É como se o sertão houvesse parado três séculos atrás.

O tempo ficou imóvel sobre a rústica sociedade sertaneja. Separados do movimento geral da evolução humana, os sertanejos respiravam ainda a mesma atmosfera moral do tempo dos messias doidos em Portugal. Nem falta aos sertanejos, para completar a semelhança, o misticismo político do sebastianismo. Extinto em Portugal, persiste ainda hoje nos sertões do norte.

O homem dos sertões está em função do meio ameaçador em que vive. É da consciência de sua fraqueza para vencer os elementos, sempre mais fortes do que ele, que resulta essa necessidade constante de apelar para o maravilhoso, para Deus. E o sertanejo se coloca então na condição inferior de pupilo estúpido, diante da divindade.

Em climas mais benéficos, a necessidade de uma tutela sobrenatural não seria tão necessária. Nos sertões, porém, as tendências pessoais se unem às dificuldades externas. E, copiando o contraste que observei entre a exaltação impulsiva e a apatia, a agitação e a quietude, os sertanejos encaram a vida ora com a indiferença fatalista pelo futuro, ora com a exaltação religiosa dos fanáticos.

A alma do sertanejo pode ir da extrema brutalidade ao máximo devotamento. E há traços repulsivos nessa religiosidade. Aberrações brutais.

Salvo raríssimas exceções, os missionários que conduzem esse rebanho são agentes prejudiciais, agravando todos os desequilíbrios do estado emocional dos sertanejos. Esses messias não aconselham nem consolam; aterrorizam e amaldiçoam. Não oram, esbravejam. Sobem ao púlpito das igrejas do sertão e não pregam os céus; descrevem o inferno truculento e lançador de chamas, numa confusão de frases sombrias, gestos de maluco e caretas de palhaço.

É ridículo. E é medonho. As bobagens saem-lhes da boca, trágicas.

Não desenham para os matutos simples a feição honesta e superior da vida, mas berram em todos os tons contra o pecado, e fazem desabar sobre o auditório avalanches de penitências, inventando catástrofes, enlouquecendo, deprimindo e pervertendo o sertanejo ingênuo.

Posso dar um exemplo. O mais recente.

Antônio Conselheiro.

4
Antônio Conselheiro

O historiador só pode avaliar aquele homem, que por si só nada valeu, considerando o meio em que viveu e a psicologia da sociedade que o criou. Sem o meio, e as pessoas que o cercavam, ele seria apenas mais um neurótico comum. Poderia ser incluído numa modalidade qualquer de psicose progressiva. Mas, colocado em função do meio, se destaca, assombra.

O infeliz, destinado ao tratamento dos médicos, veio, impelido pelo meio, bater de encontro a uma civilização.

Acabou indo para a História. Mas poderia ter ido para o hospício.

Todas as crenças ingênuas, desde o fetichismo bárbaro às aberrações católicas, se uniram para formar seu misticismo feroz e extravagante.

Não era um incompreendido. Ao contrário, a multidão aclamava-o como representante natural das suas aspirações mais altas. Só por isso não se tornou um demente. Na tendência constante à perda da razão, o meio o amparou, fez com que estabelecesse uma lógica na própria loucura, e dessa maneira pôde atravessar muitos anos com suas práticas ascéticas. E o sertão viu, nas atitudes, nas palavras e nos gestos de Antônio Conselheiro, a tranquilidade, a altitude e a resignação soberana de um apóstolo.

Doente mental grave, foi uma regressão ao estágio mental dos tipos ancestrais da espécie dos messias "iluminados". Um médico o caracterizaria como um caso de delírio sistematizado, com manias de perseguição e de grandeza.

Para um antropólogo, Conselheiro indicaria um fenômeno de incompatibilidade com as exigências da civilização. Era um anacronismo, revivendo atributos psíquicos remotíssimos, recuando aos primeiros dias da Igreja, quando o cristianismo, ainda dividido, combatia obstinadamente o paganismo, na última fase do mundo romano. Todas as seitas em que se dividia a religião católica ainda nascente, com os seus doutores histéricos e suas interpretações exageradas da Bíblia, forneceriam hoje casos repugnantes de pura loucura. Mas foram normais naquele tempo, com as suas procissões, seus mistérios e sacrifícios tremendos.

A História repete-se.

Antônio Conselheiro foi um paranoico. Mas o extraordinário é que seu caso, de comprovada degeneração intelectual, não o isolou como um incompreendido, desequilibrado, retrógrado ou rebelde. No sertão, ao contrário, aquele tipo de loucura o tornou mais forte.

Era o profeta, o emissário de Deus. E tinha uma função clara: apontar aos pecadores o caminho da salvação.

Ele assumiu esse papel de delegado dos céus e lá se foi, pelos caminhos dos sertões bravios, durante muito tempo, arrastando o corpo capenga, arrebatado por sua ideia fixa. Porém, de algum modo, parecendo lúcido em todos os atos, impressionando pela firmeza, pela convicção nunca abalada, seguindo para um objetivo fixo com finalidade irresistível.

A sua frágil consciência oscilava entre o bom senso e a loucura. Ficou aí, nos limites da insanidade mental, nessa zona onde se confundem os bandidos e os heróis, os gênios e os degenerados.

Numa sociedade culta, civilizada, sua neurose explodiria em revolta; seu misticismo, reprimido, esmagaria a razão. Entretanto, num ambiente propício a fanatismos e superstições, sua demência foi considerada normal.

Seu nome de batismo foi Antônio Vicente Mendes Maciel.

O pai, Vicente Mendes Maciel, era homem irritável e desconfiado, mas de tanta capacidade mental que, apesar de analfabeto, chegou a negociante de sucesso, trazendo tudo perfeitamente contado e medido de memória, sem anotar nem as contas dos devedores.

O filho, sob a disciplina de um pai ríspido, teve uma educação que de algum modo o isolou. Adolescente tranquilo e tímido, retraído, raramente deixava a loja do pai, em Quixeramobim, no Ceará. Trabalhava como caixeiro. Quando o pai morreu, em 1855, Antônio Maciel prosseguiu na mesma vida, correta e calma.

Ficou responsável por três irmãs solteiras, às quais se dedicou. Somente depois de ver todas as três casadas, procurou ele mesmo uma esposa... e esse foi o motivo de sua desgraça.

A partir do casamento, começou sua existência dramática.

De 1858 em diante todos os seus atos mostram uma transformação de caráter. Ele perde os hábitos sedentários. Muda-se de Quixeramobim. A péssima índole de sua mulher, e as brigas entre eles, tornam instável a sua situação. Em poucos anos vive com ela em diversas vilas e povoados. Adota diversas profissões.

Tendo ficado sem bens, Antônio Maciel, ao chegar a qualquer nova vila, procurava logo um emprego, um meio qualquer, honesto, de subsistência.

Em Ipu, como requerente no fórum, de repente, sofre um golpe violento. Sua esposa foge com um policial. Fulminado de vergonha, o infeliz entra pelos sertões, procurando lugares isolados, onde ninguém o conheça nem saiba seu nome.

Desce para o sul do Ceará.

Ao passar em Paus Brancos, na estrada do Crato, à noite, durante uma alucinação, agride um parente que o hospedara. Fazem-se breves inquirições policiais, mas a própria vítima o perdoa, e ele se salva da prisão. Continua prosseguindo para o sul, na direção do Crato.

E desaparece...

Durante dez anos o moço infeliz de Quixeramobim ficou completamente esquecido. Apenas uma ou outra vez lhe recordavam o nome e os fatos escandalosos de sua existência.

Foi dado como morto.

Ressurgiu na Bahia, cabelos crescidos até os ombros, barba desgrenhada e longa, rosto encaveirado, monstruoso, dentro de uma túnica de brim azul, apoiado ao clássico cajado dos peregrinos.

Aparecia pelas vilas do interior sem destino fixo, errante. Nada revelava sobre o seu passado. Falava em frases breves, ou apenas monossílabos. Andava sem rumo certo, de um pouso para outro, indiferente à vida e aos perigos, alimentando-se mal e ocasionalmente, dormindo ao relento, à beira dos caminhos, sempre em penitência.

Tornou-se logo alguma coisa fantástica, mal-assombrada, para aquela gente simples. Ao se aproximar dos acampamentos, aquele homem estranho, com pouco mais de 30 anos mas já com aparência de velho, fazia parar os improvisos e as violas festivas.

Era natural. Ele aparecia cadavérico, dentro do manto azul escorrido, mudo, como uma sombra. Passava calado, deixando extasiados os matutos supersticiosos.

Com isso, sem o querer, ia dominando as mentes ingênuas dos sertanejos. No meio de uma sociedade primitiva, aquele viver misterioso logo o rodeou de prestígio. E esse prestígio agravou seu temperamento delirante. Todas as lendas que começaram a envolvê-lo só fizeram aumentar sua loucura. A loucura estava ali, evidente em seus atos e em suas palavras, exteriorizada, mas no sertão ela foi motivo de admiração intensa e respeito absoluto. E o tornaram, em pouco tempo, juiz de brigas e conselheiro predileto em todas as decisões. Daí o apelido, Antônio Conselheiro.

E o messias, o evangelizador, surgiu, monstruoso.

E cresceu tanto que se projetou na História.

5
Sem vaga no hospício

E assim andou Antônio Conselheiro, sem destino, por muitos anos, até chegar nos sertões ao norte da Bahia.

Seu prestígio ia crescendo a cada dia. Não andava mais só. Os primeiros fiéis já o seguiam em sua rota desnorteada. Ele nem os chamava. Chegavam espontaneamente, felizes por compartilharem com ele os mesmos dias de provações e misérias.

Desconhecido e suspeito, impressionava pelos trajes esquisitos — o camisolão azul, sem cintura; o chapéu de abas largas, caídas; e as sandálias de couro cru. Às costas, levava um surrão de couro em que trazia papel, pena, tinta, a *Missão abreviada* e as *Horas marianas*.

Vivia de esmolas, mas recusava qualquer excesso, pedindo apenas o sustento de cada dia. Procurava os pousos solitários. Não aceitava leito algum, além de uma tábua nua ou o chão duro.

Um de seus seguidores carregava um oratório tosco, de cedro, com a imagem de Cristo. Era o único objeto daquela religião que nascia. Nas paradas pelos caminhos, penduravam o oratório a um galho de árvore e, ajoelhados, rezavam. E entravam com ele, erguido, em triunfo, pelos vilarejos e povoados, num coro de ladainhas.

Assim se apresentou Antônio Conselheiro, em 1876, na vila do Itapicuru. Já tinha alcançado grande renome. Vivia a rezar terços e ladainhas, e a pregar e dar conselhos às multidões que reunia, movendo sentimentos religiosos, arrebanhando o povo e guiando-o.

Ali, em Itapicuru, para espanto dos fiéis, foi preso, acusado do assassinato da esposa e da própria mãe mais de uma década atrás.

A prisão o atingiu depois de quinze anos de penitências, fome, sede, fadigas, angústias e misérias profundas. Como já se encontrava anestesiado com a própria dor, e chegara perto da morte muitas vezes, em seus jejuns prolongados, para ele a ordem de prisão era um incidente mínimo, à toa. Recebeu-a indiferente. Proibiu aos fiéis que o defendessem. Entregou-se. Levaram-no à capital da Bahia.

Durante a viagem a escolta o espancou covardemente nas estradas. Ele não formulou nenhuma queixa.

Em Salvador, foi interrogado por juízes, que ficaram espantados com sua figura. Mas eram falsas todas as acusações. Tiveram de soltá-lo. Naquele mesmo ano, 1876, reapareceu no interior da Bahia, para os discípulos que o aguardavam.

Esse retorno tomou aspectos de milagre, e aumentou sua fama.

Vagueou, então, algum tempo, pelos sertões. De 1877 a 1887 perambulou sem destino por todo lado, chegando mesmo até o litoral. Em toda aquela área do sertão não há, talvez, uma cidade ou povoado onde não tenha aparecido. Alagoinhas, Inhambupe, Bom Conselho, Jeremoabo, Cumbe, Mocambo, Maçacará, Pombal, Monte Santo, Tucano... Viam-no chegar, acompanhado da extensa fila de fiéis. Em quase todos os lugares deixava um traço de sua passagem: aqui um cemitério arruinado tinha os muros reconstruídos; ali uma igreja ficava restaurada. A sua entrada nos povoados, seguido pela multidão, arrependida de suas culpas e pecados, em silêncio, levantando imagens, cruzes e bandeiras do Divino, era solene e impressionante. A população convergia para a vila, onde o penitente errante tornava-se autoridade única.

Erguiam na praça um palanque, e dali ele pregava. Era uma oratória bárbara, feita de trechos truncados das *Horas marianas*, desconexa, incongruente, agravada pelas citações latinas. Uma mistura confusa de conselhos dogmáticos, preceitos vulgares da moral cristã e profecias extravagantes... E a multidão inculta se deixava fascinar, sob o estranho hipnotismo daquela loucura formidável.

Era pavoroso.

Nesses sermões, insurgia-se contra a Igreja católica, acusando-a de ter perdido sua glória e agora obedecer a Satanás. E esboçava uma moral radical: a castidade absoluta. Antônio Conselheiro pregava o máximo horror pela mulher e pelo sexo, exigindo quase a extinção do casamento.

Essa moral exagerada certamente era decorrente de suas desventuras conjugais...

Proibia severamente que as moças se enfeitassem. Enfurecia-se contra as roupas que as embelezavam e com o luxo dos penteados. Contra o demônio dos cabelos bonitos recomendava pentes de espinho.

A beleza era para ele uma das faces tentadoras de Satã. O Conselheiro fez questão de deixar claro que tinha horror da beleza feminina. Nunca mais olhou diretamente para uma mulher. Falava com elas de costas, mesmo quando se tratava de beatas velhas.

O mesmo milenarismo extravagante da Idade Média... O fim do mundo próximo e o aparecimento do Anticristo, anúncios típicos do catolicismo quando se aproxima de uma virada de século.

Incitava os fiéis a abandonar todos os seus bens, e tudo quanto manchasse suas almas com o mais leve traço de vaidade. A vaidade era uma temeridade para a salvação de suas almas e a entrada no reino dos céus.

Se todos estavam condenados a sucumbir na catástrofe iminente do Juízo Final, era bobagem conservar os bens e as propriedades.

Que abdicassem de todas as alegrias e prazeres, mesmo os mais efêmeros e inofensivos, e fizessem da vida um purgatório duro. Que nunca mais manchassem a alma com o sacrilégio de um sorriso, porque o Juízo Final aproximava-se, inflexível.

Em 1896 hade rebanhos mil correr da praia para o certão; então o certão virará praia e a praia virará certão.

Em 1897 haverá muito pasto e pouco rasto e um só pastor e um só rebanho.

Em 1898 haverá muitos chapéos e poucas cabeças.

Em 1899 ficarão as aguas em sangue e o planeta hade apparecer no nascente com o raio do sol que o ramo se confrontará na terra e a terra em algum lugar se confrontará no céu...

Hade chover uma grande chuva de estrellas e ahi será o fim do mundo.

Em 1900 se apagarão as luzes. Deus disse no Evangelho: eu tenho um rebanho que anda fóra deste aprisco e é preciso que se reunam porque ha um só pastor e um só rebanho!

Como os antigos profetas, ele, o predestinado, vinha à Terra pela vontade divina para anunciar o final dos tempos.

O próprio Cristo anunciara a chegada de Conselheiro quando

na hora nona, descançando no monte das Oliveiras um dos seus apostolos perguntou: Senhor! para o fim desta edade que signaes vós deixaes? Elle respondeu: muitos signaes na Lua, no Sol e nas Estrellas. Hade apparecer um Anjo mandado por meu pae terno, pregando sermão pelas portas, fazendo povoações nos desertos, fazendo egrejas e capellinhas e dando conselhos...

Ele era o Anjo.

E no meio dessas divagações doidas, junto com seu messianismo religioso, o momento histórico pelo qual o Brasil passava o levou também à política, e ele começou a pregar uma insurreição contra a campanha republicana:

Em verdade vos digo, quando as nações brigam com as nações, o Brazil com o Brazil, a Inglaterra com a Inglaterra, a Prussia com a Prussia, das ondas do mar D. Sebastião sahirá com todo o seu exercito.

Neste dia quando sahir com o seu exercito tira a todos no fio da espada deste papel da Republica. O fim desta guerra se acabará na Santa Casa de Roma e o sangue hade ir até a junta grossa...

Suas profecias anunciavam o juízo de Deus, a desgraça dos poderosos, o esmagamento do mundo profano... para afinal atingirmos o "reino de mil anos" e suas delícias.

Essa volta à idade de ouro não é uma novidade. É o permanente desejo do cristianismo de voltar ao Paraíso, de onde fomos expulsos. O mesmo ansiar pelos céus. A mesma exploração do sobrenatural.

A exemplo de seus comparsas do passado, Antônio Conselheiro ansiava pelo reino de Deus, prometido, mas adiado sempre.

Com essas pregações, ia criando inimigos perigosos. Os padres eram um deles. Começou a incomodar a Igreja católica. Além de seus sermões, promovia batizados, casamentos, festas, novenas... sem cobrar nada. Perturbava com isso as atividades que geravam os altos rendimentos da Igreja. Ela tentou intervir, prevenindo as paróquias com cartas circulares, mas foi inútil.

Antônio Conselheiro continuou sem obstáculos sua marcha de apóstolo desnorteado, pelos sertões afora, acompanhado por centenas e centenas de pessoas que ouviam e cumpriam suas ordens, em vez de seguir as dos vigários das paróquias.

O fanatismo não tem limites. Adoravam-no como se fosse um Deus vivo. Nos dias de sermões, terços e ladainhas, as multidões chegavam a mais de mil fiéis.

Pelo caminho seus seguidores iam recolhendo o dinheiro dos crédulos e ignorantes, que vendiam o pouco que possuíam para dar a ele, e até roubavam para que nada faltasse para suas obras.

Ao grupo de fiéis começaram a se juntar muitos jagunços, que assustavam, munidos de cacetes, facas, facões, carabinas... e ai daquele que fosse suspeito de ser contrário a Antônio Conselheiro.

O arcebispo reclamou às autoridades que fizessem alguma coisa contra o

indivíduo Antônio Vicente Mendes Maciel que, pregando doutrinas subversivas, fazia um grande mal à religião e ao Estado, distraindo o povo de suas obrigações e arrastando-o após si, procurando convencer de que era Espírito Santo.

Porém nenhuma providência se tomou. Até que, em meados de 1887, um presidente de província pediu a um ministro do Império que arranjasse um lugar para Conselheiro no hospício do Rio de Janeiro.

O ministro respondeu ao presidente de província que não havia nenhum lugar vago no hospício, naquele momento.

E Antônio Conselheiro continuou pregando pela caatinga.

6
O arraial de Canudos

Conselheiro seguiu crescendo na imaginação popular, arrastando o povo sertanejo com o seu misticismo doentio, cheio de erros e superstições.

As reações contra ele, porém, começaram a irritá-lo. Não queria ser contrariado.

Viu a República, instaurada em 1889, com maus olhos e pregou a rebeldia contra as novas leis. Em 1893 um fato o levou a se tornar um combatente antirrepublicano.

Decretada a autonomia dos municípios, as Câmaras das localidades do interior da Bahia tinham afixado editais nas praças informando a cobrança de impostos.

Ao surgir essa novidade republicana, Antônio Conselheiro estava em Bom Conselho. Irritado com aquela imposição, reuniu o povo num dia de feira e, aos gritos, incitou a revolta e mandou queimar numa fogueira, no meio da praça, as tábuas em que eram afixados os editais. Em meio àquele "auto de fé", levantou a voz e pregou abertamente a insurreição contra as leis e a República.

Depois disso deixou a vila, seguindo pela estrada de Monte Santo, em direção ao norte.

O acontecimento repercutiu em Salvador, de onde partiu uma força de polícia numerosa para prender o rebelde e dissolver o grupo turbulento.

Naquela época os fiéis que o acompanhavam não passavam de duzentos. Os trinta soldados logo os alcançaram, bem armados, e atacaram o bando de penitentes debilitados, certos de os vencer facilmente.

Deram, porém, de frente com jagunços destemidos. Os soldados foram inteiramente desbaratados, e tiveram de fugir.

Realizada a façanha, os crentes acompanharam o profeta, reatando a marcha. Porém, depois disso, não procuraram mais os povoados como antes. Rumaram para o deserto. Para os sertões esquecidos, na direção do rio Vaza-Barris. Sabiam que seriam perseguidos, e com mais vigor, depois da vitória sobre a tropa, e embrenharam-se na caatinga procurando o amparo da natureza selvagem.

Nova leva de soldados partiu, de fato, sem perda de tempo, em número de oitenta. Mas não prosseguiram além de Serrinha, de onde voltaram sem se aventurarem no sertão.

Antônio Conselheiro, entretanto, não se iludiu com o recuo. Arrastou os fiéis, seguindo um rumo firme, para o norte. E o número de seus seguidores só aumentava, dia a dia, às dezenas.

Ele conhecia o sertão. Já o percorrera quase todo, numa romaria de vinte anos. Sabia de lugares isolados, escondidos, de onde não o arrancariam.

Os crentes não fizeram perguntas. Atravessaram serras íngremes, tabuleiros estéreis e chapadas rasas, durante longos dias, vagarosamente, na marcha cadenciada pelo soar das ladainhas e pelo passo lento do profeta.

Canudos, velha fazenda de gado à beira do rio Vaza-Barris, era uma povoação abandonada de cerca de cinquenta cabanas de pau a pique e uma pequena capela.

Já em 1876, lá se juntava uma população suspeita e ociosa, armada até os dentes, e cuja ocupação, quase exclusiva, consistia em beber cachaça e fumar em estranhos cachimbos de barro, com canudos de um metro de comprimento. Daí o nome do lugar.

Estava em pleno abandono quando Conselheiro lá chegou, em 1893.

Tornou-se o lugar sagrado, cercado de montanhas, onde não penetraria a ação do governo maldito.

O primeiro degrau para os céus.

Para lá convergiram pessoas de todos os povoados. Algumas vilas do interior da Bahia e de Sergipe ficaram desabitadas, tal a quantidade de famílias que subiam para Canudos, lugar escolhido por Antônio Conselheiro para o centro de suas operações. Muitos vendiam tudo que tinham nas feiras, gado, terreno, casa... a preço de nada, com pressa de apurar algum dinheiro e ir reparti-lo com o Santo Conselheiro.

Os raros viajantes que se arriscavam a percorrer aquele sertão encontravam grupos de fiéis que seguiam para o lugar eleito carregados de fardos, levando mobílias toscas, cestos e oratórios.

O arraial cresceu vertiginosamente, cobrindo as colinas de casebres.

As casas eram tão rudimentares que a multidão fazia até doze delas por dia. Construía-se uma cidade de barro, ao acaso, sem rumo, doidamente. Em poucas semanas um povoado novo surgiu. Mas parecia já nascer velho. Tinha o aspecto perfeito de uma cidade sacudida por um terremoto.

Não se distinguiam as ruas, apenas becos muito estreitos, mal separando os casebres feitos sem nenhum planejamento. Portas voltadas para todos os pontos, cumeeiras orientando-se para todos os rumos, como se tudo aquilo fosse construído, numa noite, por uma multidão de loucos.

Eram feitas de pau a pique e divididas em três compartimentos minúsculos: um cômodo muito pequeno servindo de entrada; um segundo, também pequeno, ao mesmo tempo cozinha, sala de jantar e de recepção; e por fim um quarto apertado, uma gruta muito escura, por onde se entrava passando por uma porta estreita e baixa. As paredes eram cobertas por uma camada de barro de 20 centímetros, sobre galhos tortos de icozeiro.

Móveis, quando havia, eram grosseiros: um banco tosco, dois ou três banquinhos menores, uma caixa de cedro, e as redes. Nem camas, nem mesas. Pendurados pelos cantos, um balde de couro para o transporte de água e bolsas de caça, feitas com fibras de caroá. Ao fundo do único quarto, um oratório tosco com santos mal-acabados, Santo Antônios, Marias Santíssimas...

Por fim as armas: o facão; a lança de 3 metros de comprimento; os cacetes cheios de chumbo; e as espingardas — a de cano fino, a colubrina portátil, capaz de arremessar pedras e pontas de chifre, e o bacamarte.

De nada mais necessitava aquela gente.

A aldeia cor de barro, à distância, era invisível, confundindo-se com o próprio chão. Aparecia ao viajante de repente, numa volta do Vaza-Barris.

Ao redor, a natureza morta, paisagens tristes, colinas nuas, esturricadas, uniformes, prolongando-se até os horizontes, em ondas.

Como portais, abriam-se as gargantas em que passavam caminhos que iam dar em Canudos: o do Uauá; o de Jeremoabo, insinuando-se nos desfiladeiros da serra do Cocorobó; o do Cambaio, em ladeiras, acompanhando as vertentes do rio Calumbi; e o do Rosário.

Por essas e outras veredas chegavam sucessivas caravanas de fiéis dos sertões do Piauí, Ceará, Pernambuco e Sergipe. Ao avistarem o campanário humilde da antiga capela, caíam de joelhos: estava atingido o final da romaria. Estavam salvos do pavoroso apocalipse anunciado pelas profecias de Conselheiro. Pisavam, afinal, a terra da promissão que o Bom Jesus isolara do resto do mundo por um cinturão de serras.

Chegavam esgotados da longa jornada, mas felizes. Acampavam. À noite acendiam-se as fogueiras. Ao clarear da manhã entregavam-se à construção dos casebres. Cada um era um lar e um esconderijo.

Já preparavam linhas irregulares de defesa.

A cidade selvagem, desde o começo, construiu em volta um círculo formidável de trincheiras cavadas. Escondidas por grandes moitas de macambira, ou lascas de pedra, não se revelavam à distância. Canudos já preparava suas táticas de guerra.

A praça da igreja demarcava a área mais baixa. Dali, para o norte, o povoado se expandia, subindo aos poucos. Dentro dele apertavam-se os casebres, subindo pelas encostas, transbordando afinal no alto das colinas minadas de trincheiras.

Ali se firmou logo um regime moldado pela religiosidade do apóstolo extravagante.

A lei era a vontade do Conselheiro. A justiça eram as suas decisões irrevogáveis.

A população, formada pelos mais diferentes elementos — do crente fervoroso, que abdicava de todas as comodidades da vida, ao bandido, que lá chegava de espingarda ao ombro —, mas unida por aquela psicose coletiva, acabara formando uma comunidade homogênea e uniforme. Era uma massa inconsciente e bruta, crescendo sem órgãos nem funções especializadas, aceitando às cegas tudo quanto lhe ensinava o líder. Imersos no sonho religioso, viviam com a constante e doentia preocupação da outra vida, a eterna.

Canudos era um pouso transitório e breve, um ponto de passagem, uma escala terminal, a última parada na travessia de um deserto, na romaria miraculosa para o reino dos céus...

Nada queriam desta vida. Não se importavam com a propriedade. Praticavam o coletivismo. Apropriação pessoal, só de uns poucos objetos móveis e das casas. Comunidade absoluta da terra, das pastagens, dos rebanhos e dos escassos produtos das plantações, cujos donos recebiam uma pequena parte, indo todo o resto para a administração do Conselheiro.

Os recém-chegados entregavam ao líder 99% do que traziam, incluindo os santos destinados ao santuário comum. Ficavam felizes com a migalha restante. Era o que bastava. O profeta os ensinara a temer o pecado mortal do bem-estar. Voluntários da miséria e da dor, sentiam alegria nas provações sofridas.

Para Antônio Conselheiro a vaidade era uma heresia. A vaidade era uma maneira de glorificar a existência terrena, e ele pregava justamente a recusa de qualquer contentamento nesta vida. A fé e a esperança deviam se voltar apenas para o além, para a felicidade prometida aos puros no reino dos céus e anunciada pelo apocalipse que se aproximava.

Seu senso moral só compreendia o direito ao Paraíso se o pecador transformasse este mundo num calvário, numa penitência, numa sucessão de agruras. Quanto mais duro o sofrimento, mais completa seria a absolvição dos pecados.

Bem-aventurados os que sofrem.

O que urgia era antecipar o apocalipse pelas provações, pelos jejuns prolongados, pelas agonias da fome, pela exaustão. Ele dava o exemplo, atravessando dias e dias alimentando-se apenas com um pires de farinha.

Esse regime severo teve duas consequências práticas: tornou, pela própria debilidade, mais forte a loucura dos crentes; e os preparou para a escassez de alimento e água provocada pela guerra que viria.

Canudos passou a ser também o esconderijo de bandidos famosos. Ali começaram a chegar, entre os matutos ingênuos e os vaqueiros iludidos, sinistros heróis da faca e da garrucha. E esses facínoras foram logo os mais queridos de Conselheiro, os seus ajudantes de ordens prediletos, garantindo ao chefe autoridade inquestionável.

Graças aos braços fortes de seus capangas, Antônio Conselheiro dominava o arraial, corrigindo os que saíam das trilhas demarcadas por ele. Construiu até uma cadeia. Nela ficavam presos os que haviam cometido "faltas leves", como homicídios, e "crimes abomináveis", como faltar às rezas.

Numa sociedade policiada por bandidos, a justiça do profeta tinha de ser contraditória: terríveis castigos para pequenas culpas; perdões para grandes atentados.

O consumo de cachaça era delito sério. Conselheiro a proibia para prevenir desordens. Mas, fora do povoado, seus seguidores podiam beber à vontade. De Canudos partiam bandos turbulentos para invadir outras vilas. Todo tipo de tumultos era permitido, desde que aumentassem o patrimônio.

Em 1894, bandos chefiados por valentões saídos de Canudos arrasaram fazendas, saquearam lugarejos e conquistaram cidades, numa onda tão grande de depredações e desacatos que alarmaram o governo e despertaram a atenção dos poderes constituídos. Isso chegou a provocar uma calorosa discussão na Assembleia Estadual da Bahia. Calorosa mas inútil. Não tomaram nenhuma providência.

Muitas vezes, segundo o testemunho unânime da população sertaneja, essas expedições para saquear e amedrontar eram feitas por razões políticas. Na época de eleições, os políticos apelavam para o Conselheiro. Canudos então virava quartel dos capangas, que de lá partiam, trilhando rumos prefixados, para reforçarem, a pau e a tiro, a soberania popular de algum coronel, como sempre o fez o banditismo sertanejo.

No dia a dia, porém, Conselheiro exigia ordem.

Ali permaneciam inofensivos, porque eram quase inválidos, a maioria de seus crentes: mulheres, crianças, velhos alquebrados e doentes inúteis.

Viviam dos favores do chefe, que era o santo protetor, ao qual saudavam entoando versos que já corriam os sertões havia mais de vinte anos.

A verdade é que o profeta abria aos desventurados os celeiros fartos pelas esmolas e pelos produtos do trabalho comum. E muitos ali viviam melhor do que antes.

7
A igreja nova

A antiga capela não bastava. Era frágil e pequena.

Antônio Conselheiro começou a erguer uma nova igreja.

Desde cedo o povo trabalhava na missão sagrada. A nova igreja surgia do outro lado da praça, em frente à antiga. Era retangular, grande e pesada. As paredes, largas, pareciam muralhas de fortaleza.

O próprio Conselheiro a planejara, sem proporções, sem regras, sem estilo. Era a sua obra-prima. Ali passava os dias, sobre os andaimes altos.

Não faltavam braços para a tarefa. De toda parte chegava auxílio, e de todo tipo. Tinham a sua construção como prova da fé inabalável.

A igreja nova ia se erguendo...

Os aliciadores da seita persuadiam o povo de que todo aquele que quisesse se salvar do Juízo Final precisava ir para Canudos, porque nos outros lugares tudo estaria contaminado e perdido pela República.

E em Canudos nem precisariam trabalhar. Era a terra da promissão, onde corria um rio de leite e as barrancas eram de cuscuz de milho.

O povo não parava de chegar.

Encontravam a mesma caatinga, a terra hostil, o mesmo sol inclemente, o Vaza-Barris seco, a miséria, mas não deixavam de acreditar...

Ao cair da tarde, o sino chamava os fiéis para a oração. Os trabalhos paravam. O povo reunia-se na praça. Ajoelhava. Ouvia-se o coro da primeira reza.

A noite caía. Acendiam as fogueiras. Conforme a vontade de Antônio Conselheiro, os fiéis se dividiam, separados pelo sexo. De um lado as mulheres, de todas as idades, tipos, cores... Vestidas de algodão ou de chita, os peitos cobertos de rosários, cruzes, figas, amuletos...

No grupo dos homens, meninos; velhos; vaqueiros rudes, trocando a armadura de couro pelo uniforme de brim; criadores de gado, felizes pelo abandono das boiadas. E bandidos e vadios de todos os delitos, soldados do ditador, vigiando armados o ajuntamento... José Venâncio, o terror da Volta Grande, dezoito mortes cometidas; Pajeú; Lalau; João da Mota; Estêvão, corpo tatuado a bala e a faca; Joaquim Tranca-Pés, guerrilheiro conhecido; o espião Chico Ema; o velho Macambira, mestre nas tocaias; Vila-Nova; Antônio Beato, meio sacristão, meio soldado, ajudando na missa com o bacamarte nas costas; Manuel Quadrado, curandeiro, sempre pelas matas, atrás de ervas.

Todos se misturando na neurose coletiva. À medida que as relíquias sagradas passavam, soavam exclamações piedosas, estalavam gritos lancinantes, muitos desmaiavam. Mulheres alucinadas tombavam em contorções violentas de histeria, apertando as imagens ao peito.

De repente o tumulto cessava.

Todos ficavam quietos, ofegantes, olhares presos na figura de Antônio Conselheiro.

Ele pregava...

Pregava contra a República.

O antagonismo era inevitável. A República era uma espécie de Anticristo que anunciava o Juízo Final. Mas nos sermões de Conselheiro não havia um intuito claramente político. O jagunço não entendia o que era a forma republicana nem a monárquica. Ambas abstrações incompreensíveis para os sertanejos incultos. Só entendiam o império de um chefe sacerdotal ou guerreiro. Tinham vivido até então sob a proteção de um imperador, colocado no trono por Deus. A República o havia destronado!

Canudos era uma sociedade velha, uma sociedade morta, arrebatada por um doido, dos que costumam aparecer como reação a um movimento civilizador vindo das camadas superiores.

Depois de quatrocentos anos de Monarquia, nossa República chegou de repente, sem que o povo tivesse sido preparado, esclarecido. Atingimos os ideais modernos, deixando na escuridão e no abandono um terço da nossa gente. Essa imprevidência formava aqueles núcleos de maníacos.

E vimos neles adversários políticos sérios, defensores do extinto regime monárquico, capazes de derrubar as instituições republicanas... Ora, o que havia ali era uma religiosidade incongruente, de tendências messiânicas, sem nenhuma significação política.

Canudos atacava a ordem constituída porque acreditava na iminência do reino de delícias prometido no Paraíso. E a República, que tirara do poder um rei escolhido por Deus, era o pecado mortal de um povo, heresia suprema indicadora do triunfo do Anticristo.

Nas palavras de Antônio Conselheiro...

Sahiu D. Pedro segundo
Para o reyno de Lisboa
Acabosse a monarquia
O Brazil ficou atôa!
Garantidos pela lei

Aquelles malvados estão
Nós temos a lei de Deus
Elles tem a lei do cão!
Casamento vão fazendo

Só para o povo illudir
Vão casar o povo todo
No casamento civil!

O governo demoníaco, porém, desaparecerá em breve:

D. Sebastião já chegou
E traz muito regimento
Acabando com o civil
E fazendo o casamento!

O Anti-Christo nasceu
Para o Brazil governar
Mas ahi está o Conselheiro
Para delles nos livrar!

Visita nos vem fazer
Nosso rei D. Sebastião.
Coitado daquele pobre
Que estiver na lei do cão!

A República era a lei do cão.
A isso se resumia o programa político daquela gente.

Um padre foi enviado pela Igreja para convencer o povo de Canudos a se dispersar.
Foi recebido por Conselheiro, já um velho solitário de 60 anos, cujo

corpo franzino, arqueado sobre o bordão, avançava num andar sacudido por acessos de tosse.

O padre disse que estranhava muito só enxergar ali homens armados, e não podia deixar de condenar que se reunissem em lugar tão pobre tantas famílias, entregues a um abandono e a misérias tais que diariamente se davam de oito a nove mortes.

Conselheiro respondeu que precisava se defender:

— No tempo da Monarquia, deixei-me prender porque reconhecia o governo. Hoje não, porque não reconheço a República.

— Senhor, se é católico, deve considerar que a Igreja condena as revoltas e, aceitando todas as formas de governo, ensina que os poderes constituídos regem os povos em nome de Deus. É assim em toda parte. A França, que é uma das principais nações da Europa, foi Monarquia por muitos séculos, mas hoje é uma República, e todo o povo obedece às autoridades e às leis do governo. Nós mesmos aqui no Brasil, a principiar do bispo até o último católico, reconhecemos o governo atual. Somente o senhor não quer se sujeitar? É mau pensar esse. É uma doutrina errada a sua!

— Vossa Reverendíssima é que tem uma falsa doutrina. Eu não desarmo a minha gente.

O padre continuou a falar, e as coisas pioraram. O povo do arraial começou a se revoltar contra a "pregação do padre maçom, protestante e republicano", e a acusá-lo de "emissário do governo", que estava ali para "abrir caminho à tropa que viria prender o Conselheiro e exterminar a todos eles".

O padre teve de fugir, esgueirando-se pelos becos.

O confronto com as forças do governo ia se tornando inevitável.

A guerra começaria a qualquer momento.

A LUTA

1
Primeiros confrontos

Em 1896 Antônio Conselheiro mandou comprar em Juazeiro certa quantidade de madeira para as obras da igreja nova. O material não foi entregue. Alegaram ficar com o dinheiro, como pagamento da dívida pelo assalto que seus jagunços haviam feito à comarca de Bom Conselho.

O profeta decidiu invadir Juazeiro e retirar as madeiras à força. A população começou a fugir.

O governo da Bahia mandou cem soldados para lá, sob o comando do tenente Pires Ferreira. Chegaram a Juazeiro em 7 de novembro. Dali, no dia 12, partiram em direção a Canudos.

Partiram dia 12, ao anoitecer, para não seguir a 13, dia de azar. E iam combater a superstição...

Foram sem os recursos indispensáveis a uma travessia de 200 quilômetros, em terreno acidentado, numa região deserta, assolada pelas secas, e das mais desconhecidas do Brasil.

No sertão, é impossível caminhar carregando mochilas e cantis depois das dez horas da manhã. O dia vai se tornando abrasador, sem sombras, sob uma temperatura altíssima. Por outro lado, é preciso avançar até os poços de água, nos pousos dos vaqueiros.

Logo no segundo dia de viagem as tropas tiveram de percorrer 40 quilômetros de estrada até um charco minúsculo, onde só havia uns restos de água. Dali por diante caminharam no deserto, com escalas em fazendas abandonadas.

Os raros moradores haviam fugido, tangendo para longe da guerra seus rebanhos de cabras.

A tropa chegou exausta a Uauá, um arraial de duas ruas e umas cem casas, no dia 19, depois de uma travessia penosíssima. Ali acampou, para marchar para Canudos no amanhecer do dia seguinte.

Durante a noite a população de Uauá fugiu. Lá se foram famílias inteiras, ao acaso, pela noite adentro, partindo apavoradas.

Os soldados não deram grande importância ao caso.

Foram acordados pelo inimigo.

Na madrugada de 21 os fanáticos de Conselheiro avançaram sobre o arraial. Acordaram os adversários para a luta. Vinham rezando. Parecia uma procissão.

Chegavam para a guerra rezando e cantando.

Eram muitos. Mais de mil.

Foi dado o alarme. Os soldados corriam tontamente pela praça e pelas ruas, saíam seminus pelas portas, saltavam pelas janelas. Vestindo-se e armando-se às pressas e aos encontrões, nem formaram uma linha de atiradores, porque os jagunços chegaram logo, atirando.

O encontro foi brutal, braço a braço, entre disparos de garruchas e revólveres, pancadas de cacetes e coronhas, embates de facões e sabres.

O bando de fanáticos, entre vivas ao Bom Jesus e ao Conselheiro, ondulando a bandeira do Divino, erguendo no ar os santos e as armas, atravessou por entre as tropas, provocando uma desordem de feira.

Muitos soldados correram para as casas e passaram a atirar de lá de dentro, por buracos abertos nas paredes de barro.

Os jagunços começaram a ser fuzilados em massa. Muitos morreram, abatidos pelas armas de repetição. Enquanto os soldados os alvejavam em descargas de cem tiros, os jagunços revolviam a bolsa, tiravam a pólvora, a bucha e as balas, enfiavam tudo pelo cano largo do trabuco, socavam com a vareta, e só então disparavam. Dois minutos parados no meio do tiroteio! Desistiram logo da operação complicada e caíram sobre os soldados, vibrando facões e foices.

O conflito continuou, desse modo, feroz, por cerca de quatro horas, sem movimento tático, combatendo cada um por conta própria, conforme as circunstâncias.

No quintal da casa em que se escondeu, o comandante distribuía cartuchos aos soldados, jogando-os por sobre as cercas...

Reunidos em volta da bandeira do Divino, os jagunços se enfiavam pelas ruas de Uauá, contornavam o arraial, voltavam à praça, sempre soltando pragas e gritando vivas. E lentamente, nesses giros, foram abandonando a ação e dispersando-se pelas cercanias.

Deixaram, pouco a pouco, o campo de batalha. Em breve, ao longe, desapareceram nas caatingas em direção a Canudos.

Os soldados não foram atrás deles. Estavam vencidos.

No chão, nas soleiras das portas, pelas ruas e na praça, contorciam-se os feridos e estendiam-se os mortos.

O comandante, tenente Pires Ferreira, agora com apenas setenta homens em condições de lutar, decidiu recuar. A retirada era urgente. Antes da noite. Ou de outra batalha.

Foi uma fuga.

Voltaram para Juazeiro em marcha forçada, em quatro dias, sob o sol inclemente. E lá chegaram feridos, estropiados, combalidos, derrotados, com as fardas em trapos, e ainda por cima acreditando que os fanáticos os seguiam. A população apavorou-se e começou a fugir.

As linhas do telégrafo transmitiram ao Brasil inteiro o início da guerra sertaneja.

2
O cenário

A derrota exigia reação, mas as forças federais e o governador da Bahia não se entenderam.

A segunda expedição foi organizada sem um plano firme, sem responsabilidades definidas.

Compôs-se a princípio de 450 soldados.

Seguiu para Queimadas a 25 de novembro, com quatro metralhadoras Nordenfelt e dois canhões Krupp, sob o comando do major Febrônio de Brito.

As tropas permaneceram aquarteladas em Queimadas, carentes de recursos e enfrentando toda espécie de dificuldades. Dali seguiram para Monte Santo somente em dezembro, assim que chegou de Salvador novo reforço de cem soldados.

As caatingas são aliadas do jagunço. Entram na luta em favor dele, que nelas se torna um guerrilheiro intocável. Armam-se para o combate, agridem com espinhos. Os galhos trançam-se impenetráveis diante do forasteiro... mas abrem-se para o sertanejo que ali nasceu e cresceu.

O soldado segue confiante, heroico. De repente, pelos lados, estoura, perto, um tiro... Ele cai, morto. Partem outros tiros. Os soldados se juntam numa roda, nada veem. O espanto e o medo correm de uma ponta a outra das fileiras.

Os tiros continuam, insistentes, compassados, pela esquerda, pela direita, pela frente, de todos os lados... Ouve-se uma voz de comando, as tropas revidam, atiram contra a caatinga, um turbilhão de balas. À toa. Nada acontece. As balas dos atiradores invisíveis continuam a zunir, batendo em cheio nas fileiras.

O comandante resolve investir contra o desconhecido. A tropa, com baionetas armadas nas bocas dos fuzis, rompe o matagal. Avança com rapidez. Nesse momento surge o aliado do jagunço: a caatinga. Uma barreira impenetrável. Os soldados se enredam no cipoal, fervilhando de espinhos, espalham-se, perdem-se num labirinto de galhos, debatem-se, dispersam-se. Atiram, sem pontaria, nos próprios companheiros.

Em volta, fulminantes, terríveis, bem apontadas, continuam a partir as balas do adversário.

De repente param. O inimigo, que ninguém viu, desaparece.

A tropa se reorganiza. Continua a marcha.

Vão prosseguindo, mais cautelosos agora, caminhando em silêncio, na expectativa torturante desses assaltos imprevistos.

Daí por diante os soldados seguem apavorados. O medo os ataca a cada volta do caminho, a cada estalido seco de um galho.

O governo tinha como certa a vitória inevitável sobre o grupo de fanáticos de Antônio Conselheiro.

No sertão, porém, ninguém se iludia.

Num raio de 20 quilômetros em torno de Canudos fez-se o deserto. Para todos os rumos, por todas as estradas e em todos os lugares os moradores fugiam, botando fogo nas fazendas, isolando o arraial num grande círculo de ruínas.

Estava pronto o cenário para a guerra.

3
O desfiladeiro da serra do Cambaio

No dia 29 de dezembro as tropas do exército, sob o comando do major Febrônio de Brito, entraram em Monte Santo.

A partir daquela data Monte Santo se transformou na base das operações de todos os ataques contra Canudos. A vila obscura transformou-se em enorme quartel. Ali instalaram-se 543 soldados, 14 oficiais e três médicos, divididos em três batalhões e uma divisão de artilharia, com os dois canhões Krupp e duas metralhadoras.

Os vaqueiros vinham de longe admirar os canhões que nunca haviam visto, capazes de desfazer montanhas. Os soldados riam, vibravam os clarins e os vivas entusiásticos — Pátria, Glória e Liberdade. Diante de todo aquele aparato bélico, a derrota dos fanáticos era um fato consumado.

O comandante estava tão certo da vitória que havia deixado em Queimadas grande parte das munições, para não atrasar a marcha. Tinha a intenção de realizar um ataque fulminante a Canudos, levando apenas a munição que os soldados pudessem carregar.

Foi um erro tremendo. A tropa se desarmou à medida que se aproximava do inimigo. Foi para a guerra como se estivesse voltando.

Febrônio de Brito limitou-se a formar três colunas e ir em frente, trilhando veredas desconhecidas, cercado pela natureza selvagem. As colunas partiam juntas, avançando, emboladas, pelos caminhos afora.

Era 12 de janeiro de 1897.

Seguiram pela estrada do Cambaio.

É a mais curta. Por isso ilude, a princípio. Transcorridos alguns quilômetros ela se acidenta, transforma-se em trilha pedregosa. E vai piorando, à medida que se aproxima da serra do Acaru.

Arrastando com dificuldade cada vez maior os canhões pesados, a artilharia logo foi obrigada a reduzir a marcha, atrasando a tropa.

Acamparam no meio de um vale fundo. Foi uma temeridade. Se os jagunços surgissem no alto dos morros, os soldados ficariam sob intensa fuzilaria.

Na manhã seguinte rumaram para o norte. A estrada piorava, subindo morros, descendo grotões. A divisão que arrastava os canhões sempre atrasando as outras. E era imprescindível um avanço rápido. Restos de fogueiras à margem do caminho davam sinais do inimigo. À noite viram vultos, próximos, encobertos na sombra, rondando em volta dos acampamentos.

No amanhecer do dia 17 acabou a comida. Foram abatidos os dois últimos bois, para mais de quinhentos combatentes. Iam perdendo a guerra antes de dar um tiro. Prosseguir para Canudos, poucos quilômetros à frente, era a salvação.

No dia seguinte acamparam a 12 quilômetros do arraial de Conselheiro.

À noite distinguiram algumas luzes ao norte. Eram os inimigos.

Ao alvorecer, avançaram.

As serras do Cambaio à frente, com gargantas longas e fundas, formavam fortalezas inexpugnáveis. A estrada para Canudos atravessava aqueles desfiladeiros. De binóculos, a tropa vigiava as encostas desertas. Os soldados caminhavam vagarosamente, emperrados pelos canhões.

Foi nessa situação que o inimigo atacou! De cima dos penhascos apareceram os jagunços, de repente, atirando. Todas as colunas ficaram, de ponta a ponta, debaixo das balas do inimigo.

Do alto rompiam vivas ao "Bom Jesus" e ao "nosso Conselheiro".

Os soldados apontaram os canhões para cima e bombardearam os fanáticos. Estes, vendo pela primeira vez aquelas armas poderosas, que despedaçavam pedras, fugiram.

A tropa avançou em desordem, dividida, subindo os penhascos, carabinas presas nos dentes, atacando em tumulto.

Embaixo, os burros, espantados pelas balas, partiram os cabrestos e desapareceram a galope. Os tropeiros aproveitaram e fugiram com eles.

Mais alto, ao longe, os inimigos reapareceram. Grupos de três ou quatro jagunços, dentro de trincheiras, iam recarregando e passando a espingarda para o atirador. Se alguma bala o atingia, logo surgia outro, e outro, e outro, e de longe parecia o mesmo inimigo, imortal.

As balas dos soldados perdiam-se nas rochas. Os projéteis das metralhadoras estalavam à toa nas pedras. Ali ia ficando a maior parte da munição destinada a Canudos.

Por fim, o combate decisivo, braço a braço. Os soldados saltavam, afinal, dentro das trincheiras.

Perto, sob imensa laje presa entre duas pedras, abrigavam-se uns quarenta sertanejos, atirando sobre as tropas. De longe o canhão bombardeou o grupo. Foi um único tiro. Errou o alvo, mas arrebentou uma das pedras que sustentavam a laje. O bloco inteiro desabou sobre eles.

Estava conquistada a montanha, após três horas de conflito. Sobre os jagunços em fuga, soldados, sem comando, disparavam à toa as carabinas.

As tropas conseguiram atravessar o desfiladeiro.

Reatou-se a marcha. Numa exaustão crescente, seguiram para Canudos.

As colunas chegaram, à tarde, à margem do arraial, e pararam. Cansados e famintos, os soldados acamparam. Os fanáticos se meteram pelas caatingas e os cercaram. A tropa adormeceu sob a guarda do inimigo.

Ao amanhecer, sem nada perceber, os soldados se prepararam para o ataque ao arraial. Uma bala, porém, emperrara no canhão. Não saía de jeito nenhum. Tiveram então a ideia de disparar contra Canudos, para não desperdiçá-la.

Foi como tocar a campainha, anunciando a visita.

O tiro partiu... E a tropa foi atacada por todo lado! Com foices, paus e facões os jagunços surgiram, como se aquele disparo do canhão fosse o sinal para o assalto.

Os soldados tinham as armas prontas. Revidaram. Os jagunços não recuaram. Entraram pelos pelotões adentro. Pela primeira vez os soldados viam o rosto do inimigo. A luta travou-se braço a braço, brutal. Os jagunços fervilhavam, saindo do matagal, aparecendo e desaparecendo entre as galhadas da caatinga. Punham nos trabucos balas grosseiras — pontas de chifre, pedras e pregos.

A situação era insustentável. Já se contavam mais de trezentos cadáveres.

Restava ao exército um recurso desesperado: avançar, atacar, cair sobre o arraial. Mas assim iam ter inimigos à frente e atrás. E nessa luta, de 3 quilômetros, as munições acabariam no caminho.

A retirada foi a salvação.

Recuaram. Já havia, porém, uns setenta feridos, e um número enorme de estropiados, que mal conseguiam carregar as armas. Os mais fortes tentavam arrastar os canhões, ou carregar feixes de espingardas, ou puxar as padiolas transportando os agonizantes.

Diante de todos eles, uma estrada de 100 quilômetros, atravessando o sertão repleto de tocaias...

Os jagunços os perseguiram, distribuídos pelas caatingas, ladeando as tropas, que fugiam lutando. E dessa maneira os soldados entraram de novo nas gargantas do Cambaio.

Os fanáticos transformaram as espingardas em alavancas, deslocando as pedras, e elas caíam e rolavam sobre as tropas apavoradas.

A travessia do desfiladeiro foi um massacre.

As tropas chegaram, ao fim de três horas, ao pequeno planalto do outro lado. Só então tiveram recursos para se defender. Ali aconteceu a última batalha, ao cair da noite. As metralhadoras rechaçaram os inimigos, que sumiram na escuridão.

No outro dia, cedo, os soldados prosseguiram a fuga para Monte Santo.

Não havia um homem válido. Mesmo os que carregavam os companheiros iam com os pés sangrando, varados de espinhos e cortados pelas pedras.

A população de Monte Santo os recebeu em silêncio.

4
A expedição Moreira César

O novo fracasso coincidia com uma fase crítica da nossa História.

A sociedade brasileira, em 1897, ainda não se adaptara ao sistema político implantado em 1889, a República. O governo tentava conter a instabilidade social, que provocara quase uma guerra civil nos primeiros dias do novo regime. Mas, por todo o país, continuavam ainda as revoltas e as perturbações da ordem pública.

A República foi a imposição rigorosa de um ideal que partiu de um meio social mais culto. O salto do progresso foi grande demais. A nova organização política ficou incompreendida. A República não teve tempo para formar uma opinião pública favorável a ela, e enfrentou um país dividido entre vitoriosos e vencidos. Teria de se impor pela aplicação serena das novas leis, mas foi obrigada a usar a força das armas. Com isso, a evolução social que representava a introdução entre nós dos princípios democráticos foi anulada, e acabou se rebaixando às mesmas práticas brutais e opressoras da Monarquia. Destruiu e criou revoltosos. Abateu a desordem com a desordem.

E como o exército vinha tomando a frente de todos os anseios nacionais, desde o movimento abolicionista até a Proclamação da República, foi a ele mais uma vez que a sociedade recorreu para sufocar as resistências ao novo regime. E os militares não se fizeram de rogados, cheios de si, ambicionando o poder, insuflados pela vitória na Guerra do Paraguai, querendo, quem sabe, imitar os caudilhos que haviam combatido...

De todo o exército, um coronel de infantaria, Antônio Moreira César, era considerado o maior repressor de revoltas. Havia sido escolhido para novo ídolo. Tinha acabado de chegar de Santa Catarina, onde comandara e vencera a campanha federalista. Em torno dele foi criada uma legenda de bravura.

Canudos era mais uma das revoltas contra a República. Escolheram Antônio Moreira César como chefe da expedição vingadora.

O coronel seguiu a 3 de fevereiro para a Bahia, levando no navio Itaipu o batalhão de infantaria que comandava em Santa Catarina. Em Salvador arregimentou mais 28 oficiais e 430 soldados, incluindo o 9º batalhão de infantaria, comandado pelo coronel Pedro Antunes Tamarindo, a bateria de quatro canhões Krupp do 2º regimento, comandada pelo capitão José Salomão, e mais um pequeno contingente da força estadual baiana.

Prosseguiu imediatamente para Queimadas, onde, a 8 de fevereiro, já estava toda a expedição reunida — quase 1.300 soldados, municiados com 15 milhões de cartuchos e setenta balas de canhão.

Deixando em Queimadas uma base de operações, Moreira César seguiu para Monte Santo, mas, no dia 19, em plena estrada, o coronel sofreu uma forte crise epilética, assustando a todos.

No dia 20, contudo, já estava pronto para a guerra.

A estratégia era lançar de novo as tropas contra Canudos, no menor tempo possível. Optaram por uma nova estrada, mais longa uns 60 quilômetros, mas com a vantagem de evitar os desfiladeiros do Cambaio.

Novamente ninguém pensou na hipótese de uma derrota.

Iam marchar 150 quilômetros, para o desconhecido, por veredas desertas. Desses 150, 40 quilômetros eram um extenso areal. Precisavam levar um grande carregamento de água, mas o peso dificultaria enormemente a travessia desse deserto. Para resolver o problema, em vez da água, levaram uma bomba para furar poços artesianos.

Enquanto isso, em toda a volta de Canudos, os sertanejos rasgavam a terra a picareta e a enxada, cercando o arraial de mais trincheiras. E por toda a caatinga construíam pequenos jiraus, suspensos sobre as galhadas mais fortes, capazes de suportar comodamente um ou dois atiradores invisíveis, ocultos na folhagem.

E consertavam as armas, azeitando as velhas espingardas e garruchas. Por entre os casebres de barro, soavam as bigornas e os malhos, endireitando as foices tortas, aguçando as lâminas das facas.

Faziam a própria pólvora: possuíam carvão; tinham o salitre, apanhado à flor da terra mais para o norte, junto ao rio São Francisco; e dispunham de grande estoque de enxofre.

Não faltavam balas. A goela larga dos bacamartes aceitava tudo: pedras, pregos, pontas de chifres, cacos de garrafas...

Ao anoitecer, acesas as fogueiras, a multidão, ajoelhada, rezava.

À porta do santuário, vestindo o longo camisolão azul, corpo alquebrado, rosto abatido e olhos baixos, Antônio Conselheiro aparecia. Ficava longo tempo imóvel, mudo, diante da multidão silenciosa e quieta. Erguia lentamente o rosto, e pregava o final dos tempos, o Juízo Final, a vinda do Anticristo...

As tropas estavam prontas. A terceira expedição contra Canudos!

Eram ao todo 1.281 homens — tendo cada um 220 cartuchos, à parte a reserva de 60 mil tiros no comboio geral.

O coronel Moreira César, a galope, tomou a frente da tropa.

Retumbaram os tambores na vanguarda, deslocaram-se sucessivamente as seções, avançou o trem da artilharia, rodaram os comboios...

Iniciava-se quase ao cair da noite a marcha para Canudos.

5
A armadilha

A travessia foi penosa. O terreno arenoso absorvia as rodas das carretas até o meio dos raios. A caatinga opunha barreiras de espinhos que os soldados tinham de cortar a facão. Ao chegar, à tarde, a serra Branca, a tropa estava exausta e sedenta. Caminhara oito horas sem parar, em pleno ardor do sol de verão.

Para a sede, fora prevista a tal bomba artesiana. Só que, em vez de um bate-estacas para enfiar a sonda na terra, haviam levado um macaco de levantar pesos...

Diante do "contratempo", a única solução era partir imediatamente, apesar de o próximo pouso estar 20 quilômetros à frente.

A tropa, esgotada, prosseguiu sem folga. A noite chegou.

Mil e tantos homens penetrando, cambaleantes, torturados de sede, curvados sob as armas, em pleno território inimigo.

Nas sombras da caatinga, os fanáticos os seguiam.

Só no dia seguinte as tropas alcançaram um poço, em Rosário, e acamparam.

Na madrugada do outro dia partiram para Angico.

Os batalhões estendiam-se por uma linha de 3 quilômetros. Já se viam, adiante, as montanhas que rodeavam Canudos. Seguiam esperando a vitória, e avançavam firmes para a frente, impacientes por se baterem contra o adversário.

Iam nessas disposições quando o inimigo atacou. Da caatinga partiu uma descarga de meia dúzia de tiros. Oito soldados mortos. A reação foi rápida, uma das metralhadoras varreu o matagal rasteiro. O inimigo desapareceu.

Apressaram a marcha. Chegaram a Angico, ponto determinado para uma última parada. Ali passariam a noite. Pela manhã, após duas horas de caminhada, cairiam sobre Canudos.

Moreira César, porém, deu novas ordens:

— Meus camaradas! Canudos está muito perto! Vamos tomá-lo já!

Todos concordaram. Eram 11 horas da manhã.

— Vamos almoçar em Canudos! — ele gritou.

As tropas aplaudiram. A marcha prosseguiu.

Combalidos e exaustos após uma caminhada de seis horas, os soldados jogaram no chão mochilas, cantis e todas as peças do equipamento, fora os cartuchos e as armas. A cavalaria, à retaguarda, ia recolhendo os objetos...

Sob o sol do meio-dia, transpondo os últimos acidentes do terreno, os batalhões avançaram, dentro de uma nuvem pesada de poeira. De súbito, avistaram o arraial de Antônio Conselheiro.

Tinham chegado, afinal, ao alto da Favela, a colina em frente, o ponto que as expedições anteriores não haviam conseguido atingir. Dali se viam o montão de casebres e a rede de becos voltados para a grande praça, com as duas igrejas, uma de frente para a outra. A igreja nova, ainda incompleta, tinha as grossas paredes cercadas de andaimes.

Mal a artilharia chegou, os canhões foram alinhados e todos dispararam ao mesmo tempo.

Não havia como errar. As balas explodiram dentro dos casebres, estraçalhando-os, atirando pelos ares tetos de argila e vigamentos, pulverizando as paredes de pau a pique, ateando os primeiros incêndios.

Uma nuvem de poeira e fumaça cobriu o arraial. As tropas não o enxergavam mais. Os soldados abriram fogo. Oitocentas espingardas atirando, ecoando nas montanhas.

O sino da igreja velha bateu, congregando os fanáticos para a batalha.

Entre os claros da fumaça, avistava-se o arraial. Era uma colmeia alarmada: grupos, inúmeros, dispersos, cruzando-se na praça, entrando nas igrejas, rompendo armados dos becos, saltando pelos tetos. Mulheres carregavam crianças, procurando a proteção dos muros largos da igreja nova.

— Vamos tomar o arraial sem disparar mais um tiro! A baioneta! — Moreira César gritou.

Era uma hora da tarde.

Ele deu ordem para o avanço de todas as unidades de combate, em duas frentes simultâneas.

Foi um plano de ataque desastroso.

Atacando juntos, por dois lados, os batalhões acabariam frente a frente, atirando um no outro.

Mas o início foi heroico. Toda a tropa desceu morro abaixo, ao toque das cornetas, ao mesmo tempo em que do arraial rompia uma fuzilaria intensa.

Os fanáticos atiravam das paredes e dos tetos das casas, e de dentro da igreja nova. Os batalhões avançaram embaixo de uma saraivada de chumbo. Os primeiros soldados tombaram, batidos de frente. A tropa dispersou-se, dividiu-se, e chegou ao arraial num tumulto, perdendo-se entre os becos que se cruzavam em todos os sentidos.

E então descobriram que haviam caído numa armadilha.

A tática do sertanejo foi terrível. Ele não resistira. Havia atraído o assalto do exército, embriagado pela certeza da vitória. Os soldados espalharam-se, divididos pelas vielas, e ficaram presos.

Um grupo atacou a igreja nova. Foram mortos. Outros incendiaram as primeiras casas. Outros perseguiram os sertanejos e se entalaram ainda mais nos becos estreitos, dobrando centenas de esquinas, em desordem, atirando ao acaso, à toa, para a frente, dividindo-se em grupos confusos, dissolvendo-se em combatentes isolados.

Os barracos não opunham a menor resistência. As paredes eram derrubadas a coronhadas e até com socos. Um pontapé escancarava as portas. O soldado então dava com um cano de espingarda apontado ao peito e era atingido à queima-roupa. Ou entrava numa luta corpo a corpo, a facão ou a foice.

Quase sempre, depois de invadir a casa, o soldado faminto procurava comida. Encontrava carne-seca, cuias cheias de paçoca e baldes de água fresca. E, enquanto comia, era varado de balas.

Muitos se perdiam nos becos. Correndo no encalço de um jagunço em fuga, topavam, dobrando uma esquina, com um grupo de inimigos, e recebiam uma descarga fulminante.

Por toda parte repetiam-se as mesmas cenas, em meio aos gritos de pavor das mulheres e crianças que fugiam para todo lado, gritando, rezando, e à legião de velhos, aleijados e doentes, todos na correria louca das perseguições.

Do alto da colina em frente, na Favela, Moreira César observava o ataque, sem entender o que se passava, porque toda a tropa havia desaparecido entre a fumaça e os escombros.

A artilharia não podia usar os canhões e as metralhadoras, porque acertariam os próprios soldados.

O sino na igreja velha badalava no meio da confusão.

Os atiradores da igreja nova permaneciam firmes, visando todos os pontos.

O exército invadira apenas a metade do arraial. A outra metade estava intacta. O coronel compreendeu que a situação era gravíssima e determinou que o esquadrão de cavalaria atacasse.

Uma carga de cavalaria em Canudos era uma estupidez. A cavalaria é uma arma das planícies, cuja força é a velocidade. Ali, comprimida entre os becos, não foi adiante. Os cavalos se assustaram, se negaram a avançar, corcovearam, cuspiram da sela os cavaleiros.

— Eu vou dar coragem àquela gente... — disse o coronel Moreira César.

E desceu cavalgando montanha abaixo.

No meio do caminho foi baleado na barriga.

— Não foi nada; um ferimento leve — tranquilizou os companheiros.

Estava mortalmente ferido.

Nem desceu do cavalo. Voltou amparado por um tenente para o alto da colina.

No caminho, levou outro tiro.

6
Cada um cuide de si

O ataque foi inútil. O arraial se tornava cada vez mais impenetrável à medida que o arruinavam e incendiavam, porque, sob os escombros, os inimigos tinham ainda mais esconderijos para suas emboscadas.

Antes que a noite chegasse, as tropas começaram o recuo. Soldados e oficiais correndo, chamuscados e empoeirados, fardas rasgadas, disparando as espingardas ao acaso, xingando, assustados, tontos, sem comando, cada um lutando a seu modo...

Todos os pelotões fugiram em debandada!

Caiu a noite.

O sineiro da igreja velha fez soar a primeira nota da Ave-Maria.

Tirando o chapéu de couro, e murmurando a prece habitual, os jagunços dispararam a última descarga.

A preocupação dos soldados agora era evitar o inimigo, com medo de algum ataque durante a noite. O acampamento, no alto da Favela, estava muito perto. Recuaram mais 400 metros, arrastando os canhões pesados, e ali se protegeram, abrigando os oficiais, os feridos, o trem da artilharia e os cargueiros. No centro, o coronel Moreira César, moribundo.

Do arraial só se viam os braseiros dos casebres arrasados.

Entre as tropas, cento e tantos feridos e estropiados gemiam, torturados pela dor e a sede. Não havia como tratá-los no escuro. O simples riscar de um fósforo era uma temeridade.

Moreira César foi substituído no comando pelo coronel Pedro Antunes Tamarindo. Mas a única ordem que partiu do novo chefe ficou famosa:

— É tempo de murici. Cada um cuide de si.

Um rápido olhar para a tropa que ali estava, vencida, deixava evidente que só havia uma solução — a retirada.

E rápida.

A Guerra de Canudos começou, naquela noite, a tomar um aspecto sobrenatural.

Supersticiosos como os jagunços de Conselheiro, os soldados ficaram aterrorizados diante da derrota inexplicável. Os fanáticos eram imortais. Muitos soldados juravam ter atirado em homens que já haviam matado em combate anterior. Lutadores fantasmas, quase invisíveis, atirando entre as ruínas, atravessando incólumes os incêndios. Grande parte dos soldados era do Nordeste, e criara-se ouvindo o nome de Antônio Conselheiro e a sua lenda extravagante, seus milagres, suas façanhas de feiticeiro.

No meio da noite as sentinelas se apavoraram. Partindo do arraial, um rumor indefinível subia pelas encostas.

Não era, porém, um assalto. O inimigo rezava.

De madrugada o coronel Moreira César morreu.

Começaram os preparativos da fuga, num tumulto indescritível.

A vanguarda partiu aos primeiros raios de sol, levando os feridos e os mortos em padiolas. Numa delas ia o corpo de Moreira César.

O resto da expedição seguiu pouco depois, sem ordem, sem formaturas. Deram as costas ao adversário, confiando apenas na rapidez do recuo.

Foram atacados. O inimigo apareceu por todos os lados. O sino da igreja velha voltou a bater. Da igreja nova explodiram descargas.

A última divisão de artilharia revidou os tiros, mas logo também bateu em retirada. Tarde demais. Adiante, até onde alcançava o olhar, as tropas espalhadas pelos caminhos estavam de ponta a ponta cercadas pelos jagunços, em suas trincheiras.

Foi uma debandada.

Oitocentos homens correndo, abandonando as espingardas, arriando as padiolas em que se contorciam os feridos, jogando fora os equipamentos, desarmando-se, desapertando os cinturões para correr mais rápido, correndo, correndo ao acaso, correndo em grupos, em bandos desnorteados, correndo pelas estradas e pelas trilhas, para dentro das caatingas, tontos, apavorados, sem chefes...

Entre os fardos atirados à beira do caminho ficou o cadáver do coronel Moreira César.

Para que o resto da tropa escapasse, uma pequena guarnição chefiada pelo capitão José Salomão ficou à retaguarda, retendo os inimigos com os tiros dos quatro canhões Krupp. Os fanáticos a atacaram, saltando, gritando, disparando os trabucos e as pistolas.

Um a um tombavam os soldados da guarnição. Os canhões emperraram, imobilizaram-se numa volta do caminho.

O coronel Tamarindo ordenou toques repetidos de "meia-volta, alto", para salvar os canhões, mas as cornetas vibraram inutilmente. Ninguém obedeceu. Nem engatilhando o revólver no peito dos fugitivos eles parariam. Não havia como contê-los, corriam, corriam doidamente. Os próprios feridos e enfermos estropiados lá se iam, arrastando-se penosamente, xingando os companheiros mais ágeis que os deixavam para trás.

Tamarindo sozinho, a galope, avançou, tentando conter as tropas, e logo foi derrubado do cavalo por um tiro. A guarnição que protegia os canhões foi abandonada. José Salomão e a meia dúzia de soldados que ainda tentaram defendê-los tombaram, retalhados a foice.

A terceira expedição, derrotada, dispersou-se.

Como os fugitivos evitassem a estrada, desgarraram sem rumo pelo deserto, onde muitos se perderam para sempre. Alguns soldados foram bater em vilas remotas. O resto chegou no outro dia a Monte Santo.

O coronel destacado para lá não os esperava. Ao saber do desastre, fugira para Queimadas.

Enquanto isso os fanáticos recolhiam as armas e munições deixadas para trás. E as fardas. Diante do inimigo, as tropas não se desarmaram apenas. Despiram-se.

Havia um arsenal ao ar livre, e os jagunços tinham com que se abastecer. A expedição Moreira César parecia ter tido um objetivo único: entregar de graça todo aquele armamento moderno ao inimigo.

Levaram para o arraial os quatro canhões Krupp. Substituíram suas espingardas velhas e de carregamento lento pelas Mannlicher e Comblain fulminantes.

Quanto aos soldados mortos... os fanáticos reuniram os cadáveres, decapitaram e queimaram os corpos. Alinharam depois as cabeças, nas duas margens da estrada. Por cima, nos arbustos, penduraram os restos de fardas, calças, cinturões, quepes, mantas, cantis e mochilas.

O coronel Tamarindo cuidara mal de si. Era um dos mortos. Fora degolado, espetado em um galho alto, e ficara balançando ao sabor do vento.

7
Era preciso salvar a República...

A notícia dessa incrível derrota da expedição Moreira César causou espanto nas capitais. Surgiu uma desculpa para o fracasso: os jagunços não agiam sozinhos. Por trás deles haveria forças poderosas, dispostas a derrubar o novo regime republicano e instaurar novamente a Monarquia! Canudos era o prenúncio de uma vastíssima conspiração contra a República! A República estava em perigo! Era preciso salvar a República!

Os jornais estampavam:

"Os saudosos do Império estão em armas!"

"O monarquismo revolucionário quer destruir a República e a unidade do Brasil!"

"A Monarquia arma-se! Que o presidente chame às armas os republicanos!"

No Rio de Janeiro, a multidão, aos gritos de "Viva a República!" e "À memória de Floriano Peixoto!", destruiu os jornais monarquistas.

O governo federal começou a arregimentar batalhões.

Os governadores de estados, os congressistas, as corporações municipais, todos se uniram no desejo intenso de vingança, de esmagar os "inimigos da República, armados pelos chefes políticos monárquicos, numa afronta ao exército e à pátria"...

Como se em Canudos estivesse em jogo a sorte da República.

Deslocaram-se batalhões de todos os estados: Rio Grande do Sul, Paraíba, Rio Grande do Norte, Piauí, Maranhão, Pará, Sergipe, Pernambuco, Ceará, Capital Federal, Bahia...

Foi convocado para comandar a luta um militar de alta patente, o general de brigada Artur Oscar de Andrade Guimarães.

Era preciso salvar a República.

As tropas convergiam para a Bahia. Chegavam a Salvador, atulhavam os vagões da Estrada de Ferro Central e seguiam logo para Queimadas. Em pouco tempo ali estavam todos os batalhões destinados à marcha para Canudos.

Dessa vez planejou-se investir contra os fanáticos por dois pontos. A primeira coluna, comandada pelo general Artur Oscar, seguiria por Monte Santo; a segunda, sob as ordens do general Savaget, atravessaria Sergipe até Jeremoabo. Dessas duas vilas, avançariam sobre o arraial.

O país inteiro ansiava pela vingança. Era preciso marchar e vencer. O comandante em chefe, em Queimadas, preparou-se logo para o ataque.

Mas este só se realizaria em fins de junho, dois meses depois...

É que os 3 mil soldados não puderam partir. O grande movimento de arregimentação tinha sido uma ilusão. Faltava tudo. Não havia um serviço de fornecimento organizado. Foi impossível conseguir víveres suficientes. Não havia transporte para cerca de 100 toneladas de munições. Não havia soldados preparados. Os batalhões chegavam com armamento estragado, e sem as noções táticas mais simples. Era preciso armá-los, vesti-los, municiá-los, adestrá-los e ensiná-los a guerrear.

Queimadas teve de se transformar num campo de instrução, e o entusiasmo dos primeiros tempos foi se acabando...

Continuaram assim até meados de junho. Quando julho chegasse, não haveria um único saco de farinha no depósito. A fome já condenava a expedição antes de a batalha começar...

O general Artur Oscar precisava agir de qualquer maneira. À frente da primeira coluna, em 19 de junho, deu a ordem para a partida.

As dificuldades do terreno impunham tropas bem abastecidas e mobilidade máxima. Partiram a meia ração, arrastando um canhão de toneladas. Iam seguir para o desconhecido mal distribuídos, com um sem-número de batalhões entalando-se em veredas tortas. E arrastando um canhão Whitworth 32 que pesava 1.700 quilos! A tremenda máquina, própria para estar fixa nas fortalezas, era um trambolho.

Foram sem uma vanguarda capaz de eliminar as surpresas.

Os soldados tinham de marchar por dentro das caatingas, entre os espinhos, vestidos de pano, deixando logo as fardas em tiras.

Logo depois de Monte Santo começaram os problemas sérios. O Whitworth 32, arrastado por vinte juntas de bois, ficava para trás mais de 6 quilômetros. Levava três dias para percorrer 20 quilômetros.

As divisões progrediam, isoladas, distanciando-se demais da artilharia.

Mais afastado ainda, no final de toda a tropa, ia o grande comboio geral de munições, com 432 soldados. Partindo por último, seguia completamente isolado.

No dia 24 entraram na zona perigosa. Os caminhos pioraram. Tiveram de abrir a facão mais de 6 quilômetros de picada, através de uma caatinga feroz, de trama impenetrável.

Artur Oscar enviou ao general Savaget, que comandava a segunda coluna, que vinha por Sergipe, um emissário confirmando o encontro para o dia 27, nas cercanias de Canudos.

O comboio com a munição seguia perdido, à retaguarda. Na impaciência e no entusiasmo que antecedem a batalha, ninguém pensou nos companheiros que ficaram para trás. Avançaram, e deixaram o comboio da munição completamente desguarnecido.

No caminho encontraram os esqueletos dos soldados da expedição de Moreira César. Ainda balançavam nas pontas dos galhos secos. Espalhados pelo chão, pedaços de mantas e trapos de capotes misturavam-se com fragmentos de ossadas, e os crânios descarnados enfileiravam-se na beira da estrada.

Pendurado em um galho, o cadáver do coronel Tamarindo, decapitado, mãos esqueléticas calçando luvas pretas, ainda ao sabor do vento.

No dia 27, à noite, chegaram ao alto da Favela.

De repente, uma fuzilaria cruel!

Não se via o inimigo, entocado nas trincheiras que minavam as encostas laterais e encoberto nas sombras da noite. A situação era desesperadora.

A tropa estava cercada por todos os lados pelo inimigo que a atacava do alto. Se estivesse toda reunida, seria possível prosseguir, vencendo a perigosa travessia, e juntar-se ao general Savaget. Este, depois de uma marcha repleta de pequenos combates, estava acampado 3 quilômetros adiante, ao norte. Mas a brigada que tinha ficado para proteger a bateria de tiro ainda não chegara, muito menos o canhão Whitworth 32. E, pior ainda, o comboio com a munição estava a 12 quilômetros!

Haviam caído em uma armadilha. As encostas da Favela estavam minadas. A cada passo havia uma trincheira. Os tiros partiram de todos os lados.

Foi um fuzilamento em massa.

Os batalhões surpreendidos transformaram-se em multidão atônita. Centenas de homens desorientados, esbarrando-se, tropeçando nos companheiros que caíam mortos, atordoados pelos estampidos, ofuscados pelos clarões dos tiros, na escuridão da noite.

Inesperadamente, porém, o ataque dos fanáticos parou.

A tropa acampou. Improvisou-se um hospital. Estendeu-se em torno um cordão de sentinelas, e comandantes e soldados, deitados pelo chão, repousaram sob o luar.

A quietude do inimigo era enganadora. É que os jagunços haviam conseguido o que queriam.

Com o grosso da tropa preso na armadilha, o comboio de munições estava desprotegido.

8
O comboio salvador

Ao clarear da manhã do dia 28 contemplaram Canudos. As 5 mil casas de barro estavam a 1.200 metros. Apontaram um canhão. Ao primeiro tiro, caiu sobre as tropas uma imensa chuva de balas, que descia dos morros. Dezenas de soldados, e a metade dos oficiais, foram mortos.

Sem ordem de comando, 3 mil soldados dispararam contra os morros. Os pelotões embolados atiravam a esmo, para o alto, para não se matarem uns aos outros, contra o inimigo sinistro que os rodeava, surgindo por toda a parte e por toda a parte invisível.

Uma brigada começou a descer, determinada a atacar a praça do arraial, mesmo batida em cheio pelos tiros do inimigo entrincheirado. Foi dissolvida a bala. Cento e catorze soldados e nove oficiais mortos. Em todas as linhas, ao fim de duas horas de combate, as munições se esgotaram.

A artilharia dera o último tiro de canhão. Do alto da Favela o general Artur Oscar deu a ordem urgente de apressar a vinda do comboio de munições. Tarde demais. O inimigo cortara a retaguarda. Naquele momento o comboio de munição lutava contra os jagunços, a 10 quilômetros de distância.

Toda a primeira coluna, assim, caiu prisioneira. Não havia um meio de sair da posição que tinham conquistado.

Mandaram um emissário ao general Savaget com um pedido de socorro urgente.

A tropa do general Savaget partira de Aracaju. Viera pelo interior de Sergipe com 2.350 homens. Os combates com o inimigo até ali haviam custado 327 mortes.

No dia 28, tendo tomado posição em um pequeno platô, distante 2 quilômetros do arraial, a tropa começou a bombardeá-lo. Estava ansiosa para se unir aos companheiros da primeira coluna. Porém, para surpresa geral, apareceu no acampamento um soldado trazendo o pedido de socorro da primeira coluna.

O general Savaget avançou com toda a sua gente. Chegou, às 11 horas, ao alto da Favela, a tempo de libertar a tropa de Artur Oscar.

Reunidas as duas colunas, tornou-se possível destacar um contingente para reaver o comboio de munições, preso à retaguarda.

Os inimigos entrincheirados cercavam todos os pontos, trancando todas as possibilidades de fuga. As duas colunas estavam ali, unidas, obrigadas ao heroísmo, porque o recuo era impossível.

O exército de mais de 5 mil soldados havia se desorganizado completamente. Ao todo, 926 mortos. Mais de oitocentos baleados, inclusive o general Savaget. Os sobreviventes estavam famintos e estropiados.

Tinham gastado mais de 1 milhão de balas e chegado ao centro das operações... mas não podiam dar um passo à frente, nem para trás. Haviam perdido o contato com a base de operações em Monte Santo. O comboio de munição tinha sido assaltado, e em poder dos jagunços ficou mais da metade das cargas.

A tropa perdera munições e, ao mesmo tempo, abastecera o inimigo com cerca de 450 mil cartuchos. O bastante para que os fanáticos de Antônio Conselheiro prolongassem indefinidamente a resistência.

Haviam completado o serviço da expedição de Moreira César, que tinha dado espingardas. Agora davam a munição.

A noite desceu sem trégua. O luar permitia a pontaria do inimigo. Um ou outro soldado caía de repente, fulminado, enquanto seu companheiro revidava, disparando à toa, para os ares.

Ao amanhecer de 29 a comida já não era suficiente. Abateram os bois mansos que até lá tinham conduzido o pesado Whitworth 32.

Ressurgiu o pensamento de um bombardeio vigoroso sobre o arraial. Ele não podia suportar por muitas horas as balas de 19 canhões modernos...

O primeiro tiro partiu e bateu em Canudos como uma pedra numa colmeia de abelhas.

O efeito foi nulo. As granadas, explodindo dentro das casas, estouravam sem provocar muito estrago. Apontaram o Whitworth 32 para a igreja nova, infestada de fanáticos. Não acertaram.

A fuzilaria, partindo das montanhas próximas, caiu durante todo o dia sobre a tropa.

A 1º de julho os fanáticos penetraram o acampamento até o centro das baterias, num ódio aos canhões que atiravam contra as igrejas. Batalhões inteiros dispararam contra eles, matando todos.

A posição era definitivamente insustentável. Além de acumular baixas diárias, sem efeito algum, em breve as munições estariam esgotadas. Alguns oficiais sugeriram o assalto imediato ao arraial.

O general Artur Oscar, porém, discordou, acreditando que de Monte Santo em breve chegaria um comboio de comida. Só então, depois de três dias de ração completa, bem alimentados, investiriam sobre os jagunços de Conselheiro.

Porque já se passava fome. A partir de 2 de julho só houve farinha e sal para os 6 mil estômagos. A própria água faltava. Nos regatos rasos, enquanto bebiam, muitos soldados ficavam por lá, de bruços, varados por um tiro.

A 7 de julho cessou a distribuição de comida aos doentes, e os infelizes começaram a viver da esmola dos próprios companheiros.

Por outro lado, os fanáticos, acostumados aos autoflagelos em nome da fé, tinham uma capacidade de resistência incomparável. Não davam um momento de trégua. Atacavam no meio da noite, pela manhã, no correr do dia. Estavam sempre ali, a dois passos, sinistros. De minuto em minuto caía uma bala entre os batalhões, escolhendo, entre milhares de soldados, uma vítima qualquer.

E iam-se assim os dias, pontilhados de balas.

Os soldados enterravam os mortos à noite.

Missão perigosa, em que às vezes o coveiro tombava morto dentro da cova antes que o defunto.

Aguardavam a brigada salvadora de Monte Santo, que traria comida, mas era impossível manter a posição por mais de uma semana.

Estavam ali reunidas as duas colunas, Canudos à distância de um tiro, mas nada podiam fazer.

Ao cair da noite, do arraial ressoava o sino pelas colinas, no toque da Ave-Maria... Os canhões abriam fogo, mas o sineiro não perdia uma badalada. Os soldados escutavam, então, do templo meio em ruínas, a cadência melancólica das rezas.

A retirada era impossível. Uma brigada ligeira podia escapar. O exército não. Com o peso da artilharia e os mil e tantos feridos, seriam dizimados.

Na tarde de 11 de julho, um vaqueiro, escoltado por três praças de cavalaria, apareceu inesperadamente no acampamento anunciando a vinda do comboio salvador!

De uma a outra ponta da tropa correu a notícia, transformando o desespero em alegria imensa, em abraços, em gritos. Desdobraram-se as bandeiras. Ressoaram os clarins!

Descia a noite.

De Canudos vinha o toque da Ave-Maria.

9
A entrada em Canudos

O comboio salvador chegou ao alto da Favela a 13 de julho, mas o que ele trouxera era insuficiente, em pouco se esgotaria. Decidiram pela investida em massa. Atacariam em cheio, até a praça das igrejas. Os fanáticos não poderiam resistir a 3 mil baionetas avançando. Era preciso assaltar de uma só vez e socá-los dentro da cova de Canudos, a coronhadas.

A coluna marcharia na frente, seguida pela cavalaria e uma divisão de dois canhões fechando a retaguarda. Quase 3.500 homens! A vitória se aproximava. Os soldados recomendaram aos que ficavam no alto da Favela que tivessem pronto o almoço, para quando voltassem...

Avançaram no dia 18, ainda de madrugada. O arraial estava a 1.500 metros à frente.

Eram 7 horas quando receberam os primeiros tiros.

Revidaram, penetrando juntos na arena do combate. Um movimento malfeito. Estavam dando as costas ao inimigo nas trincheiras. E, arremessando-se à frente, sob intensa fuzilaria, estabeleciam a confusão nas fileiras, porque era impossível manter a formação debaixo de balas.

Enfiaram-se num labirinto de armadilhas e sentiram-se perdidos, desorientados, impossibilitados de ver o resto dos companheiros. Recuando às vezes, supondo que avançavam, esbarravam com outros batalhões em sentido contrário.

Perderam o rumo, debaixo de uma fuzilaria estonteante.

Mesmo assim, avançaram.

Despencaram. Três mil homens embolados colina abaixo, depois colina acima, e desceram de novo, numa onda humana, revolta. Os jagunços em volta fulminando-os, invisíveis. Os soldados começaram a conquistar bravamente o terreno, sem saber a direção real do próprio ataque. A réplica dos adversários, vinda de todos os lados, desnorteava.

O arraial a menos de 300 metros...

Ali chegaram em atropelo alguns pelotões de infantaria, completamente expostos à tremenda fuzilaria que partia das igrejas. Conseguiram se abrigar nas primeiras casas, a uns 400 metros da praça.

Cada soldado levava apenas 150 cartuchos. Batalhões inteiros eram obrigados a parar, em pleno conflito, para abrir a machado os caixotes de munição.

Além dos tiroteios que irrompiam das igrejas e das casas, fanáticos surgiam de perto, alvejando os soldados à queima-roupa. O chão explodia sob os pés da tropa, que pouco a pouco foi se concentrando nas primeiras casas. Outra parte continuou avançando até os fundos da igreja velha. Dali para a frente não deram mais um passo.

Tinham conquistado uma parte pequena do arraial. Mas não puderam ir além.

Haviam passado com dois canhões. Atacaram as igrejas com eles. O revide dos fanáticos foi intenso. As balas varavam as casas em que se escondiam os soldados, matando-os lá dentro.

Meio-dia.

Desorganizados os batalhões, cada um lutava pela própria vida. Abrigavam-se por trás de frágeis paredes de barro. E mais uma vez, no fim de uma arremetida violenta, as tropas caíam em uma armadilha. Novamente eram impossíveis o avanço e o recuo.

Haviam conquistado uma quinta parte do arraial, e estavam presos pelo inimigo, bem ali, atrás de milhares de portas e nas esquinas dos becos tortuosos.

O resto do dia, e grande parte da noite, os soldados construíram barricadas de tábuas e pedras. O inimigo vigiava-os, implacável. A situação era mais incômoda que a anterior. No descampado o adversário atirava de longe. Agora o jagunço estava ao lado, acotovelando-se sob o mesmo teto.

E mantendo os mesmos hábitos... Ao entardecer, o sino da igreja velha batia, calmamente, a Ave-Maria. E, logo depois, as rezas.

Mil soldados abatidos, entre mortos e feridos.
Muitos tombaram gritando vivas à República.
Morriam saudando a República, com o mesmo entusiasmo e dedicação delirante com que os jagunços bradavam pelo Bom Jesus misericordioso e milagreiro.

A noite de 18 de julho foi de terror. Se sofressem um assalto noturno, não haveria reação possível. Podiam ser atacados por todos os lados. Mas nada aconteceu. Agora só restava cuidar da defesa da posição ocupada, até que alguma ajuda viesse de fora. As comunicações com o resto da tropa, na Favela, estavam cortadas.

Na semana que se seguiu sofreram a fuzilaria inimiga constante, de manhã à noite. Dez, vinte soldados mortos todos os dias.

Os doentes e feridos que haviam ficado no acampamento começaram a debandar, em direção a Salvador. Diariamente, em sucessivas levas, às centenas, chegavam à capital da Bahia, depois de duas semanas de caminhada atravessando a caatinga.

Pelas estradas ficavam os companheiros que a morte ia libertando. Não os enterravam. O chão era duro demais e não havia tempo.

O povo de Salvador começou a saber, da boca dos próprios soldados, a extensão do desastre. Era surpreendente.

Até 10 de agosto, as tropas tinham sofrido 2.049 baixas!

Na frente de batalha, o massacre progredia. Os fanáticos pareciam dispor de recursos inesgotáveis.

A quarta expedição estava isolada, em território inimigo.

Os comboios de ajuda, que partiam de Monte Santo, agora eram assaltados não só pelos jagunços, mas também pelos soldados desertores, famintos.

Atendendo aos pedidos de Artur Oscar, o governo organizou uma brigada auxiliar, comandada pelo general Girard. Eram mais 1.042 soldados e 68 oficiais, perfeitamente armados, e levando 850 mil cartuchos Mauser.

Partiu de Monte Santo para Canudos a 10 de agosto.

A varíola atingiu a tropa. Diariamente dois ou três enfermos voltavam para o hospital de Monte Santo.

No dia 15 de agosto a brigada foi violentamente atacada pelos fanáticos. Os pelotões se embaralharam. Os tropeiros fugiram. A boiada estourou, desaparecendo na caatinga. Dos 102 bois restaram apenas 11 quando afinal chegaram a Canudos.

10
O canhão e o sino

O governo cuidou de formar uma nova divisão, arrebanhando os últimos batalhões dispersos pelos estados. E, para comandar de perto a crise, resolveu convocar o próprio secretário de Estado dos Negócios da Guerra, marechal Bittencourt.

Este seguiu em agosto para a Bahia, enquanto de todos os pontos do país, do Amazonas ao Rio Grande do Sul, chegavam mais soldados, em defesa da República... Três mil homens, incluindo trezentos oficiais, concentraram-se em Monte Santo nos primeiros dias de setembro.

Vinham desprovidos de tudo. Tinham apenas espingardas velhas e fardamento usado.

O marechal Bittencourt foi o primeiro comandante a ter o bom senso de perceber as necessidades específicas daquela guerra. Não era preciso um número grande de soldados. Isso exigia uma quantidade de recursos de que não dispunham.

O inimigo principal não era o fanático, era a caatinga.

A causa das derrotas sempre fora o isolamento em que se encravavam as tropas no sertão, cercadas pelos jagunços.

O marechal Bittencourt, para organizar e agilizar os comboios, comprou burros. Mil burros mansos naquele caso valiam por 10 mil heróis.

O burro, o mais caluniado dos animais, ia ganhar a guerra.

No começo de setembro, seguiram os primeiros comboios regulares para Canudos.

Os soldados estavam presos no arraial havia mais de quarenta dias!

Entrincheirados nas duas torres da igreja nova, nada escapava à pontaria dos fanáticos de Antônio Conselheiro.

Os dois canhões haviam arruinado inteiramente a igreja velha, mas não se compreendia como o sino dela ainda tangia, às seis da tarde, as notas consagradas à Ave-Maria. Até que, em 23 de agosto, conseguiram levar o Whitworth 32 ao alto da Favela. Com ele, finalmente, arrebentaram com estrondo os restos do campanário, fazendo saltar pelos ares o velho sino. Foi o último tiro do Whitworth 32. Uma peça do aparelho obturador do canhão quebrou-se.

Vingando a igreja arrasada, os fanáticos revidaram numa fuzilaria estupenda, incomparável, que entrou pela noite adentro até o amanhecer, e avançou pelo dia seguinte, matando muitos soldados. E continuou no dia 26, abatendo cinco. E no dia 27, matando quatro. E mais quatro, no dia 28. E cinco, no dia 29. E assim por diante...

Em breve, porém, a situação mudaria.

Avançavam pelos caminhos os trinta batalhões da divisão salvadora do marechal Bittencourt.

E eles chegaram à Favela.

O sino da igreja não batia mais. Não se ouviam mais as rezas. À noite o arraial mergulhava na sombra e no silêncio.

No dia 6 de setembro caíram, uma após a outra, as torres da igreja nova, depois de seis horas consecutivas de bombardeios. As duas torres vieram abaixo, arrastando os atiradores que vinham agarrados a elas, batendo pesadamente no chão, entre nuvens de poeira. O exército inteiro vaiou os fanáticos.

Com a ruína da igreja nova, terminou o encanto do inimigo. O arraial pareceu diminuir, sem as duas torres brancas que simbolizavam o misticismo ingênuo. A partir daí os soldados entrincheirados foram conquistando territórios ao inimigo, abrindo rotas de comunicação com os aquartelados na Favela. Os fanáticos de Antônio Conselheiro iam ter de se render.

A vida no arraial tornara-se terrível para eles. Permaneciam praticamente em jejum. Por que não se entregavam, ou tentavam fugir para a caatinga, onde seria impossível pegá-los? Os soldados não entendiam.

Aquela resistência absurda tinha um motivo.

Antônio Conselheiro havia morrido.

Tendo se agravado um antigo ferimento provocado por um estilhaço de granada, e acometido por violenta disenteria, ao ver tombar a igreja nova, Antônio Conselheiro fez jejum absoluto. Dias depois, deitou de bruços, o rosto colado à terra, dentro do templo em ruínas, e morreu, em 22 de setembro.

A morte do líder religioso, em vez de ter posto fim à guerra, reanimou a insurreição.

É que, entre os fanáticos, correu a extraordinária notícia de que Antônio Conselheiro seguira em viagem para o céu e estava àquela hora junto de Deus, e já deixara tudo acertado com Ele. Os jagunços deviam manter os soldados no arraial. Deviam ficar nas trincheiras, lutando, para que os soldados fossem punidos no local de seus crimes. Em breve o profeta chegaria, com um exército de milhões de anjos, e desceria sobre as tropas do governo, fulminando-as e dando início ao dia do Juízo Final!

Os crentes se dispuseram àquela penitência. Ela os salvaria da condenação ao Inferno.

Alguns, entre eles muitos líderes, não acreditaram nisso e fugiram na calada da noite.

Foram os últimos que escaparam, porque no dia 24 a situação mudou. Os soldados conseguiram tomar de assalto a última saída do inimigo e começaram a tocar fogo no arraial.

Canudos estava cercado por todos os lados. Não havia mais como escapar um único habitante.

Do alto da Favela os oficiais apontavam os binóculos para o espetáculo. Levado pelo vento, o fogo se alastrava. O arraial desaparecia na fumaça. Bandos de mulheres e crianças corriam em tumulto, com as baterias da artilharia fuzilando-os de frente. Grupos de fanáticos, entre dois fogos, fustigados pela fuzilaria e pelos canhões, desapareciam nos escombros. A fumaça voltava a se adensar. Os oficiais agitavam os binóculos. Uma rajada de vento desvendava um novo cenário. Os jagunços recuavam.

A guerra estava ganha!

Sucedeu, então, um fato extraordinário e imprevisto.

O inimigo reanimou-se com vigor incrível. A pressão dos milhares de soldados envolvendo-os estimulou uma onda de revolta, trincheira a trincheira, girando por todo o arraial. A onda, repelida a leste, foi na direção do Cambaio, arrebentou nas encostas que ali desciam para o rio, recebeu o ataque das tropas, rolou para o norte até se despedaçar junto às paliçadas, voltou-se para o sul, ondulou por dentro do arraial, atravessando-o, na direção da Favela, foi rechaçada pelos canhões, saltou de novo para o leste, foi repelida, caiu adiante, foi repelida, retraiu-se para o centro da praça, quebrou-se de encontro às fuzilarias, e correu mais uma vez para o norte, colidindo com os mesmos pontos, repelida sempre e atacando sempre, num redemoinho irreprimível de ciclone...

De repente a onda parava. Súbita quietude. Absoluto silêncio descia sobre os campos.

Um tiro partia das ruínas da igreja nova. Vultos corriam sobre os escombros. Alguns tombavam logo, outros desapareciam entre o entulho. Começava outra onda, a reação prosseguia, em giros, na rotação louca dos assaltos.

As tropas tornaram a cair prisioneiras. Os comboios do marechal Bittencourt começaram a ser alvejados. Os soldados vinham cair mortos à entrada do acampamento.

As balas inimigas partiam de todos os pontos e atingiam os batalhões, as tendas dos quartéis-generais, a Favela, as trilhas, as barracas do hospital, os vidros na farmácia militar, as pedras do alto dos morros...

No dia 24 fizeram alguns prisioneiros.

Mulheres e alguns lutadores feridos, trôpegos, arrastados, exaustos, corpos rasgados a faca, a bala...

Um prisioneiro, ainda forte, tinha sido preso em plena luta. Conseguiu derrubar quatro soldados antes de receber um tiro no rosto. Passaram uma corda na garganta dele, o arrastaram para longe, agarraram pelos cabelos, dobraram a cabeça e o degolaram.

Era simples. Amarrar o pescoço da vítima, arrastar até um ponto afastado e cortar o pescoço. Pronto. Assim pereceram todos os homens. Só pouparam mulheres e crianças.

Os soldados ansiavam por essas covardias, aprovadas pelos chefes militares. O fato era comum. Um detalhe insignificante, que se fez costumeiro, como uma exigência da guerra. Preso o jagunço, degolava-se.

Os jagunços conheciam a sorte que os aguardava, e isso em grande parte contribuiu para a recusa em se renderem. Lutariam até a morte.

A degola era pura vingança. Além do mais, não havia o que temer. O atentado era público. O marechal Bittencourt, o principal representante do governo, e todos os comandantes sabiam e não se opunham. Desse modo, a consciência da impunidade, fortalecida pelo anonimato da culpa e pela cumplicidade das autoridades, transformou os soldados em criminosos, mercenários pagos para matar.

A campanha de Canudos era um parêntese na nossa História. O que se fazia no palco da guerra não existia oficialmente. Transposta a colina da Favela, não havia mais pecado, ninguém precisava temer a justiça.

A História não iria até ali.

Mas eu fui.

Do alto se via o arraial em chamas, cada vez mais reduzido à grande praça, onde ainda crepitavam os tiroteios. De um momento para outro aquilo tinha de terminar. A rendição era inevitável. Era só esperar.

Mas os soldados não puderam conter-se.

Desceram as colinas dispostos a travar o combate final.

Iam tomar o arraial. Romperiam pela praça, entrariam atirando pelos becos afora, pulando os entulhos fumegantes, varrendo o inimigo.

Os fanáticos cortaram o avanço, matando mais de oitenta soldados. Da orla da praça e dos casebres junto à igreja, resistiam.

Nos últimos dias, mais de 2.500 soldados tinham se apoderado de cerca de 2 mil casas e cercado os sertanejos. Em volta de Canudos, ao todo, eram 6 mil soldados. Os fanáticos ocultavam-se em menos de quinhentos casebres, ao fundo da igreja. E os incêndios iam reduzindo o espaço.

Apesar disso, os soldados não conseguiam avançar sobre eles.

Os jagunços haviam se disposto à morte, e prepararam, junto às ruínas da igreja nova, a última trincheira — uma escavação retangular e larga, como se abrissem o próprio túmulo. Batidos de todos os lados, iam recuando, palmo a palmo, braço a braço, para aquela trincheira-cova. De lá atiravam para todo lado, levantando barricadas com os corpos dos companheiros mortos.

À noite, alguns tentavam alcançar o leito do rio Vaza-Barris. Enchiam de água as vasilhas de couro e voltavam correndo. Caíam varados de balas. Outros rompiam desesperadamente contra o tiroteio, tentando resgatar a água perdida. Morriam também. Um único às vezes escapava. Perdia-se nos escombros do casario, levando aos companheiros alguns litros do líquido contaminado pelos cadáveres decompostos no leito do rio.

No dia 28 de setembro não revidaram à fuzilaria dos soldados.
Era o fim.
O arraial era um montão de argila, esmagado, arruinado, queimado, devastado. Dos fanáticos ainda sobravam uns quatrocentos, talvez, comprimidos numa área reduzida, junto aos escombros da igreja nova.

Não suportariam nem por uma hora um assalto de 6 mil homens. Bastava esperar a rendição, e teriam sido poupadas muitas vidas.

Os chefes militares, porém, marcaram a investida final para o dia 1º de outubro.

Na noite da véspera, cercaram os lados da destroçada igreja nova. Um cerco vigoroso, quase covarde, feito por todos os batalhões, e em que entrariam todos os canhões.

No amanhecer começou a luta final.

Os canhões atiraram por quase uma hora. Foi esmagador. Tudo foi feito em ruínas. Tetos desabaram, paredes voaram em estilhaços, novos incêndios se alastraram. As granadas entravam pelas casas, arrebentando, abatendo os últimos refúgios do inimigo.

Contudo não se notou um único grito de dor, um vulto qualquer fugindo, a mais breve agitação. Quando os canhões silenciaram, a inexplicável quietude do casario fulminado fazia supor que o arraial estivesse deserto, como se durante a noite os fanáticos tivessem fugido. Houve um breve silêncio. Vibrou um clarim. Os soldados avançaram sobre os destroços da igreja nova.

Alguns tombaram logo, atravessados por balas, batidos de frente pelos adversários emboscados à beira da praça, ao fundo da igreja.

As tropas fugiram pelas vielas. Os jagunços, saindo dos casebres fumegantes, caíram-lhes em cima, atirando à queima-roupa. O marechal Bittencourt deu o toque de avançar.

Não foi uma investida militar. Foi um bote. Duzentas baionetas desapareceram mergulhando nos escombros... Não apareceram mais.

O marechal dava novas ordens para avançar. Os grupos de soldados sumiam no meio da fumaça espessa.

Ao fim de três horas de combate, tinham-se lançado 2 mil homens dentro dos escombros, sem efeito algum. Além de grande número de soldados, baquearam mortos um comandante e um tenente-coronel.

Correu pelas tropas um grito de pavor e de cólera. Invadiram furiosos os casebres de onde partiam os tiros. Soldados alvejados à queima-roupa caíam por terra, rugindo de ódio, enquanto os companheiros passavam por cima, arrombando as portas a coronhadas, entrando nas casas, travando lá dentro uma luta corpo a corpo.

Os fanáticos resistiam. Venciam. Obrigavam os soldados a recuar.

Porém, pouco antes das 9 horas, um cadete cravou numa parede a bandeira nacional! Ressoaram dezenas de cornetas e um "Viva a República!" saltou de milhares de peitos. Os jagunços cessaram o tiroteio. E a praça, pela primeira vez, se encheu de soldados. Muitos desceram as encostas. Chegaram os generais. Agitando o chapéu, a espada e a espingarda, cruzando-se, correndo, esbarrando-se, combatentes de todos os postos abraçavam-se.

A luta terminara, afinal.

Mas, sobre as cabeças, açoitando os ares, voltaram as balas!

O combate continuava. Esvaziou-se, de repente, a praça. Os soldados retornaram correndo para os pontos de abrigo, agachados, espantados. Não lhes bastavam 6 mil sabres, 12 mil braços, 6 mil revólveres, vinte canhões, milhares de granadas, degolas, incêndios, a fome, a sede, dez meses de combates, cem dias de canhonaços contínuos, o esmagamento das ruínas...

O marechal ordenou o último recurso. Não muito honrado, mas, àquela altura... Um tenente trouxe do acampamento dezenas de bombas de dinamite!

Cessaram as fuzilarias. Desceu sobre a tropa um silêncio de expectativa ansiosa. Pouco depois, um estrondo ecoou pelas colinas. Tombaram as paredes, voaram tetos, uma nuvem de poeira cobriu os ares. Parecia tudo acabado. O último trecho de Canudos arrebentava-se todo. Os batalhões, embolados pelos becos, esperaram que a poeira baixasse e avançaram para o último ataque.

Tornaram a recuar! Os tiros partiam daqueles braseiros e entulhos. Entre o fogo, mulheres gritando, carregando crianças, vultos se arrastando na terra, em chamas, corpos torcidos... E sobre os escombros os fanáticos ainda, atirando, xingando, a dois passos das linhas de fogo, chamuscados, doidos...

Os soldados perderam a unidade. Não se entendiam. Avançavam, recuavam, imobilizavam-se, subdividiam-se em todas as esquinas, misturavam-se, fugiam em bandos desorientados sob a fuzilaria do inimigo.

Um capitão, para animar o ataque, tirou o chapéu, levantando um viva à República. Uma bala atravessou seu peito.

Descendo para o hospital, à uma hora da tarde, já haviam chegado cerca de trezentos feridos. A situação não melhorava. Lançaram mais noventa bombas de dinamite. Derramaram latas de querosene, avivando os incêndios. Tudo parecia inútil. Os fanáticos resistiam e atacavam.

Continuava a romaria dos feridos em busca do hospital, em padiolas, em redes, ou suspensos pelos braços dos companheiros. E sobre eles, sobre as colinas, varrendo os morros, sobre todo o acampamento, ao cair da tarde, ao anoitecer e durante a noite inteira, irrompiam as balas dos jagunços.

O combate já desfalcara o exército em 567 soldados.

A situação dos fanáticos era insustentável. Tinham perdido a igreja nova, as últimas provisões de água e estavam cercados por enormes incêndios.

No dia seguinte, pouco depois do meio-dia, no centro dos últimos casebres de pé, ergueu-se uma bandeira branca.

Rendiam-se, afinal.

11
O fim

Um grande silêncio dominou as linhas de ataque e o acampamento.

A bandeira branca, um trapo nervosamente agitado, desapareceu. Logo depois, um sertanejo, saindo dos escombros, foi conduzido à presença do marechal Bittencourt.

Era um mulato alto, muito pálido e magro. Vestia camisolão azul e se apoiava num bordão, imitando Antônio Conselheiro.

— Quem é você? — perguntou o marechal.

— Saiba o seu doutor-general que sou Antônio Beato e eu mesmo vim por meu pé me entregar porque a gente não tem mais opinião e não aguenta mais.

— Bem. E o Conselheiro?...

— O nosso bom Conselheiro está no céu...

— E os homens não estão dispostos a se entregarem?

— Batalhei com uma porção deles para virem e não vieram porque há um bando lá que não querem. São de muita opinião. Mas não aguentam mais. Quase tudo mete a cabeça no chão de necessidade. Quase tudo está seco de sede...

— E não podes trazê-los?

— Posso não. Eles estavam em tempo de me atirar quando saí...

— Já viu quanta gente aí está, toda bem armada e bem-disposta.

— Eu fiquei espantado!

— Pois bem. A sua gente não pode resistir, nem fugir. Volte para lá e diga aos homens que se entreguem. Não morrerão. Garanto-lhes a vida. Serão entregues ao governo da República. E diga-lhes que o governo da

República é bom para todos os brasileiros. Que se entreguem. Mas sem condições; não aceito a mais pequena condição.

Antônio Beato acabou concordando. Passada uma hora, voltou, seguido de umas trezentas mulheres e crianças, e meia dúzia de velhos imprestáveis.

A entrada dos prisioneiros foi comovedora. O Beato vinha solene, na frente, olhos presos no chão, apoiado no longo cajado.

Custava aos soldados admitir que toda aquela gente saísse, tão numerosa ainda, dos casebres bombardeados durante três meses. Um sem-número de mulheres, velhas, moças, todas escaveiradas, sujas, com os filhos escanchados nos quadris, nas costas, suspensos aos peitos murchos, arrastados pelos braços. E velhos, e homens enfermos...

Era o último truque dos fanáticos. Viam-se livres dos inúteis, e agora podiam voltar à guerra com mais ferocidade ainda. Pouco depois lançaram sobre as tropas uma fuzilaria firme!

A situação dos jagunços era incrível: na trincheira-cova quadrangular, de pouco mais de 1 metro de fundo, ao lado da igreja nova destruída, uns vinte lutadores, esfomeados e rotos, medonhos de se ver, predispunham-se a um suicídio formidável. Já estavam no túmulo.

Cadáveres empilhados ao longo das quatro bordas serviam de barricada. Dentro do buraco, um grupo de fanáticos combatia contra um exército. E mesmo assim os soldados não conseguiam avançar. Os que se aproximaram lá ficaram, aumentando a sinistra barricada de cadáveres. Lançavam-se sobre o fosso, na ilusão do ataque fácil, e paravam diante do horror, imobilizados pelo espanto diante daquela trincheira de mortos, e eram varados pelas últimas balas do inimigo.

Deixem-me terminar esta história.

Canudos não se rendeu.

Resistiu até o esgotamento completo. Vencido palmo a palmo, caiu no dia 5 de outubro de 1897, ao entardecer, quando tombaram os seus últimos defensores. Eu estava lá. Todos morreram. No final, eram quatro apenas: um velho, dois homens e uma criança. Na frente deles rugiam raivosamente milhares de soldados.

Não posso descrever os últimos momentos do arraial. Não consigo.

O final da guerra, que sempre imaginei poder descrever com vibração em um livro... um final profundamente emocionante e trágico... não pude... Ninguém acreditaria em mim se descrevesse os pormenores daqueles últimos momentos. Mulheres jogando-se em fogueiras, abraçadas aos próprios filhos...

Como eu poderia descrever, com a fragilidade da palavra humana, a degola de todos os prisioneiros homens? De que modo comentar o fato de não ter aparecido mais nenhum dos prisioneiros válidos, entre eles Antônio Beato...

O final de *Os Sertões* me saiu vacilante, sem brilho...

Enfim... o arraial caiu.

No dia seguinte os soldados acabaram de destruir todas as casas. Eram 5.200, cuidadosamente contadas.

No amanhecer do dia 6 de outubro descobriram o cadáver de Antônio Conselheiro. Estava enterrado num dos casebres. Removeram uma fina camada de terra e ele apareceu, enrolado num lençol imundo, sobre uma esteira velha, no camisolão de brim azul, mãos cruzadas ao peito, rosto inchado, olhos fundos cheios de terra.

Desenterraram-no cuidadosamente. Era importante que não se desarticulasse ou deformasse. Fotografaram-no, e foi lavrada uma ata rigorosa, confirmando sua identidade. O país precisava convencer-se bem de que estava afinal extinto aquele terrível adversário da República...

Voltaram a enterrá-lo.

Depois pensaram em guardar a sua cabeça. Mais uma vez o desenterraram e, com uma faca, o degolaram também.

A cabeça de Antônio Conselheiro foi levada para o litoral.

Diziam que ali, nos relevos daquele crânio, estavam as linhas essenciais do crime e da loucura.

As multidões, diante da cabeça decepada, deliravam em festa.

E as multidões, delirando em festa, por sua vez mostravam os crimes e as loucuras da *nossa* civilização.

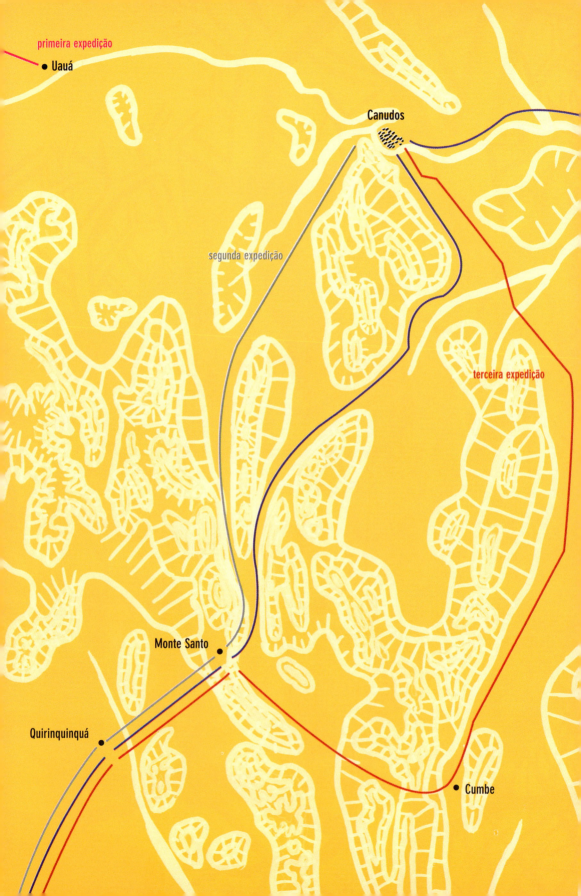

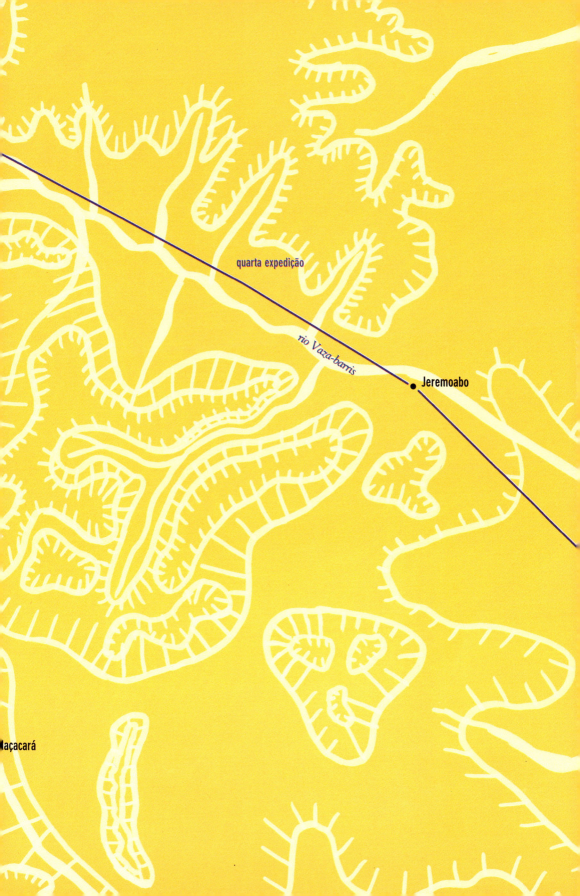

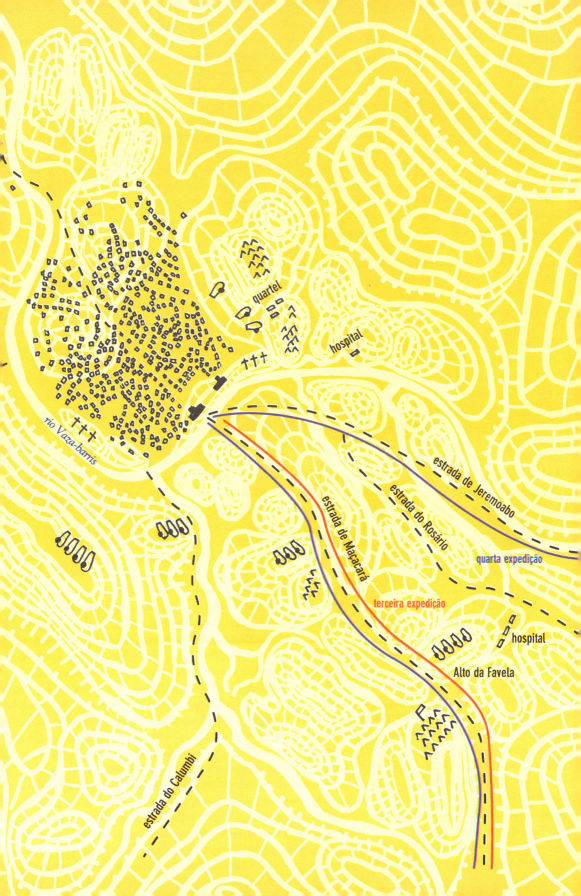

POR TRÁS DA HISTÓRIA

Os Sertões é um marco na literatura brasileira. Seu autor foi um correspondente de guerra cuja preocupação era conhecer, de fato, o Brasil profundo. Se você, como Euclides da Cunha, também é atiçado pela curiosidade sobre o nosso país e pelo prazer da descoberta, não deixe de ler as páginas seguintes.

OBRA

UMA NARRATIVA DE GUERRA

Em *Os Sertões*, Euclides da Cunha se propõe a relatar a campanha militar da Guerra de Canudos e denunciá-la como um crime. De um lado, o autor narra a brutalidade dos soldados em relação aos moradores do arraial de Canudos. Como poderia a República agir com tamanha violência sobre uma população miserável? De outro lado, porém, o escritor-repórter também relata a crueldade dos sertanejos, que expunham toda a sua fúria nos ataques aos soldados republicanos. De um e de outro lado, estavam presentes a violência, a brutalidade, a cegueira (no caso dos soldados, a cegueira pela República recém-instituída; no caso dos sertanejos conselheiristas, a cegueira religiosa, o fanatismo).

Mulheres e crianças dos sertanejos feitas prisioneiras, e os soldados ao fundo. Na Guerra de Canudos, quem foi o vencedor, quem foi o vencido?

A primeira edição de *Os Sertões*, publicada em 1902, teve parte dos custos paga pelo próprio autor e fez sucesso imediato, esgotando-se em poucas semanas. A obra foi traduzida para vários idiomas, como inglês, francês, espanhol, holandês, alemão e chinês. Além do zelo com a linguagem, Euclides teve imenso cuidado com a edição, fazendo sucessivas modificações em suas várias tiragens.

O livro é dividido em três partes — "A terra", "O homem" e "A luta" —, e esses blocos estão bastante interligados. Primeiro, o autor descreve detalhadamente a região de Canudos, inóspita, desequilibrada, com suas "mutações fantásticas". Esses mesmos traços de desequilíbrio determinam o homem do sertão. Desengonçado e aparentemente fraco, de repente ele mostra uma força violenta. "A luta" também é consequência desse quadro de oposições: os soldados, símbolos do Brasil "moderno e civilizado", esmagaram sem piedade uma população pobre e mística; os sertanejos, "miseráveis e incultos", derrotaram, apesar do atraso em que viviam, as três primeiras expedições do exército republicano enviadas ao arraial... Assim, pode-se dizer que a natureza, o sertanejo e a Guerra de Canudos formam uma só unidade, seguindo o pensamento determinista da época: é o meio (a natureza) que molda o homem (o sertanejo) e que determina a sua ação (a Guerra de Canudos).

Mostrar um Brasil desconhecido, muito distante da "civilização", estudar o sertanejo e denunciar a campanha de Canudos, eis a "missão" de Euclides da Cunha em *Os Sertões*.

AUTOR

ESCRITOR PEREGRINO

Nascido em Cantagalo (RJ), em 1866, Euclides da Cunha teve uma vida marcada por diversas e constantes incursões pelas mais variadas regiões do país.

Em 1886, tornou-se cadete, mas, por desentendimentos com oficiais, foi expulso do exército pelo imperador D. Pedro II em 1888, quando então viajou para São Paulo e começou a colaborar no jornal *O Estado de S. Paulo* — que então ainda se chamava *A Província de S. Paulo*.

Com a Proclamação da República (1889), foi readmitido pelo exército e se tornou engenheiro militar na Escola Superior de Guerra. Ainda escrevendo para jornais, executou diversas obras militares no Rio de Janeiro e depois em Minas Gerais.

Ao deixar o exército, voltou a morar em São Paulo e se tornou engenheiro da Superintendência de Obras Públicas do Estado, viajando por muitas cidades do interior paulista. Em 1897, após publicar dois textos sobre o conflito de Canudos em *O Estado de S. Paulo*, foi convidado pelo editor para fazer a cobertura da guerra, partindo para a Bahia no mesmo ano. Ao chegar a Monte Santo, redigiu as primeiras notas para *Os Sertões*.

Em 1904, quando executava trabalhos de engenharia em São Paulo, foi nomeado chefe da comissão encarregada de fixar os limites entre o Brasil e o Peru. Por conta disso, viajou para a Amazônia, onde pôde observar e denunciar a miséria da população local e o trabalho semiescravo dos seringueiros.

Nomeado professor do Colégio Pedro II, no Rio de Janeiro, em 1909, foi tragicamente morto no mesmo ano num duelo com o amante de sua mulher.

Membro da Academia Brasileira desde 1903, Euclides distinguiu-se dos seus pares e de outros intelectuais pela disposição de conhecer de perto a realidade brasileira — conhecimento que ele pôde adquirir nos seus sucessivos deslocamentos pelo território do país.

Euclides da Cunha com cerca de 25 anos: segundo-tenente e aluno da Escola Superior de Guerra.

> Euclides da Cunha trabalhou como correspondente de guerra para o jornal *O Estado de S. Paulo*, fazendo a cobertura da Guerra de Canudos. O correspondente de guerra é o jornalista que vai ao lugar do conflito e envia para a base as informações coletadas, muitas vezes colocando em risco a própria vida. Foi acompanhando a guerra bem de perto e tomando nota dos fatos que Euclides pôde escrever a sua obra-prima.

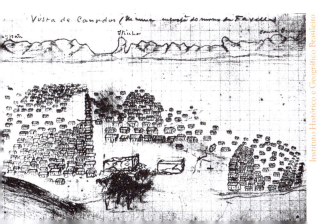

Esboço de Canudos feito por Euclides em sua caderneta de campo, fonte principal para a escrita de *Os Sertões*.

CONTEXTO

OS SERTÕES E SUA ÉPOCA

Escrito entre 1898 e 1901, Os Sertões faz parte de um momento da literatura brasileira chamado pré-modernismo, que se caracterizou por mostrar as contradições do Brasil, a pobreza de regiões esquecidas do país, ou denunciar o caráter autoritário da República recém-instituída.

Além de Euclides da Cunha, destaca-se no pré-modernismo o escritor Lima Barreto, que em *Triste fim de Policarpo Quaresma* aborda a Revolta da Armada — um movimento de insurreição contra o governo de Floriano Peixoto ocorrido em 1893, no Rio de Janeiro — e faz duras críticas ao marechal-presidente. Monteiro Lobato, com suas obras adultas, também se insere nessa corrente literária, e suas críticas se detêm na miséria da população das cidades ex-produtoras de café no Vale do Paraíba.

Capa da primeira edição (1902)

Artur Oscar   Moreira César

A corrente filosófica em voga nessa época era o positivismo, que pregava a verdade científica acima de tudo. O positivismo no Brasil serviu à consolidação republicana, e seus ideais aparecem inclusive no lema da nossa bandeira, criada na época da Proclamação da República. Além do positivismo, outra corrente norteou muitos de nossos pensadores: o determinismo. A célebre frase "o homem é fruto do meio" é a mais genuína expressão do pensamento determinista. No Brasil, o naturalismo foi o movimento literário que mais adotou o determinismo como regra, e Aluísio Azevedo foi seu principal representante.

Os Sertões se caracteriza pelo rigor cientificista. Além de termos técnicos, a própria estrutura do livro, com a natureza moldando a figura do sertanejo e a luta, é uma marca de forte influência determinista.

Além da Guerra de Canudos (1896-1897) e da Revolta da Armada (1893-1894), outro conflito enfrentado pela República se destaca nesse período: a Revolução Federalista (1893-1895), ocorrida nos estados do Sul do país e que ficou marcada pela degola indiscriminada dos derrotados, prática que veio a se repetir em Canudos. Dois oficiais prestigiados do exército tiveram atuação destacada nesses conflitos: o general de brigada Artur Oscar e o temido coronel Moreira César, personagens marcantes de *Os Sertões*.

Ao cobrir a Guerra de Canudos, Euclides aprendeu a respeitar os sertanejos, entendeu melhor as deficiências daquele povo e, por isso, fez críticas severas à República na qual tanto acreditava. Por crer tanto na ciência e no regime republicano é que Euclides denunciou o massacre de Canudos e a miséria da região: essas eram marcas de um atraso de quatro séculos de Monarquia que precisava ser extirpado da nossa realidade com o advento da República.

PERSONAGEM

MISTICISMO NO SERTÃO

Por viver em uma região castigada pela seca e sem ter a quem recorrer, o sertanejo descrito por Euclides se agarra cegamente a Deus e aos santos, suplicando chuvas e melhores condições de vida. De acordo com o autor, essa fé cega é fruto da influência dos colonizadores portugueses. Na época da colonização do Brasil, Portugal estava em decadência. Assim, os portugueses acreditavam que D. Sebastião, o rei desaparecido em 1580, ressurgiria para que Portugal voltasse a viver seus dias de glória. Para Euclides, os portugueses levaram esse tipo de crença aos sertanejos e no sertão elas se mantiveram, formando um povo místico, que acreditava na vinda de um messias que os levaria para o reino do céu.

Cadáver de Antônio Conselheiro. Mesmo depois de morto o líder e com o arraial praticamente destruído, a população resistiu bravamente em nome do seu messias, acreditando que ele voltaria do céu com um exército de anjos e começaria o Juízo Final.

Antônio Conselheiro seria um desses messias. Segundo Euclides, tratava-se de um caso típico de loucura, reforçado ainda mais pelo meio miserável e brutal em que vivia. No entanto, o autor reconhece que o líder beato também praticava boas ações. Assim, ele relativiza a "versão oficial" e tenta entender o fenômeno Antônio Conselheiro e os seus seguidores, mostrando como seu aspecto misterioso lhe conferia prestígio junto a uma população tão carente, tão necessitada de alguém que a aconselhasse, uma vez que sempre esteve esquecida pelas autoridades governamentais.

A ação do líder de Canudos foi fundamental para o desenrolar da guerra, já que os sertanejos eram movidos pela força das pregações do beato, que, com seus seguidores, estabeleceu um poder paralelo no sertão. Para alguns um líder revolucionário, para outros um tirano retrógrado, a figura de Antônio Conselheiro sempre suscitará opiniões divergentes.

Padre Cícero (1844-1934) também foi uma das principais figuras messiânicas do Nordeste e de muito poder político. Aos poucos criou-se uma mitologia em torno de suas pregações e supostos milagres. A exemplo de Conselheiro, foi considerado "inimigo" pela Igreja, pelo mesmo motivo: a criação de uma espécie de "fé paralela" entre os seus admiradores. Outro fenômeno que caracterizou um poder paralelo no Nordeste brasileiro foi o cangaço. O cangaceiro mais famoso da nossa História foi Virgulino Ferreira da Silva, o Lampião (1897-1938), que agiu em todo o Nordeste com seu bando e sua mulher, Maria Bonita. Perseguidos pelo governo, como ocorreu com Antônio Conselheiro, também tiveram a cabeça decapitada e exposta ao público, prática herdada da Monarquia, da qual foram vítimas Tiradentes e tantos outros, e adotada pela República recém-instaurada.

Este livro foi composto nas fontes Goudy
e DIN Schrift e impresso sobre papel
Paperfect 104 g/m^2